AF600976

RÉIMPRESSION DES ÉDITIONS ORIGINALES

DES PIÈCES DE MOLIÈRE

PSYCHÉ

TIRAGE.

350	exemplaires	sur papier vergé (nos 44 à 393).
20	—	sur papier Whatman (nos 24 à 43).
20	—	sur papier de Chine (nos 4 à 23).
2	—	sur parchemin (nos 2 et 3).
1	—	sur vélin (no 1).
393	exemplaires, numérotés.	

No

MOLIÈRE

PSYCHÉ

Édition originale

RÉIMPRESSION TEXTUELLE PAR LES SOINS

DE

LOUIS LACOUR

PARIS

LIBRAIRIE DES BIBLIOPHILES

Rue Saint-Honoré, 338

M DCCC LXXVII

NOTICE

Molière, dans la plupart de ses pièces, utilisa et développa, à partir de 1658, ses anciens canevas, dont les effets scéniques lui étaient connus. Jusque dans sa dernière comédie on retrouve le souvenir vivant de son odyssée provinciale. Il en est différemment dans *Psiché*. Le poète, commandé pour organiser une fête royale et d'une splendeur inaccoutumée, chercha parmi les ouvrages du jour les plus goûtés un sujet assez classique pour permettre au spectateur de suivre sans contrainte la marche du drame, malgré les fascinations du luxe théâtral qu'il méditait. Ce sujet, il l'emprunta au panégyriste des fêtes de Vaux, à l'un des plus illustres de ses amis, à La Fontaine, qui venait de ressusciter l'œuvre d'Apulée, en lui donnant plus d'enjouement et de grâce.

Il est possible aussi que Molière se soit mis

dans cette circonstance, comme en tant d'autres, aux ordres du roi [1], et que le sujet lui ait été indiqué par Louis XIV, soit que celui-ci se rendît l'interprète des sentiments de sa cour, soit qu'il aimât à se souvenir que déjà, quelques années auparavant, il avait, lui aussi, contribué à populariser la fable de Psyché [2].

Le badinage de La Fontaine venait d'être reçu avec acclamations dans le monde des ruelles. Molière, des premiers, l'avait connu et applaudi : un élan universel entraînait donc vers le théâtre l'action si dramatique des *Amours de Psiché et de Cupidon*.

L'époque de la représentation de *Psiché* est celle de la plus belle période de l'existence de Molière, aux points de vue de sa renommée littéraire, de son autorité dans le monde des arts et de sa prospérité matérielle. Maître suprême de la mise en œuvre de cette pièce, il dirige et inspire un homme de génie comme Corneille et des collaborateurs secondaires et néanmoins illustres comme Quinault, déjà de l'Académie, et Lulli, la musique même.

Le temps faisant défaut à Molière, il appelle à son aide ces seuls hommes capables de le seconder [3].

1. La préface de *Psiché*, quoique fort courte, parle à deux reprises des ordres du roi.

2. En acceptant un rôle dans le ballet du même nom composé par Benserade et représenté en 1656.

3. Corneille et Molière se trouvaient alors en relations

L'avis du libraire, véritable préface, laisse supposer que le canevas de la pièce, représenté par les arguments du ballet, appartient tout entier à Molière. Ses collaborateurs durent suivre de point en point ses indications; « et par ce moyen Sa Majesté s'est trouvée servie dans le temps qu'elle l'avoit ordonné[1] ».

Corneille, malgré les glaces de l'âge (il comptait soixante-cinq ans), sut atteindre au degré de passion que commandait le scenario tracé par son émule, ajoutant à son répertoire une suite de tableaux qui charmeront éternellement les délicats. Molière lui avait livré le travail de « versification », commencé sur plusieurs points: le prologue, le premier acte, étaient écrits, ainsi que la première scène de chacun des actes deuxième et troisième. La postérité a tenu compte, du reste, ainsi qu'il convenait, au grand Corneille, quoique Molière, en signant et en publiant seul la pièce, en ait accaparé tout l'honneur aux yeux de ses contemporains.

suivies. Celui-ci avait prêté sa troupe au premier, le 28 novembre 1670, pour la représentation de *Bérénice*, et ainsi avait pris parti dans la lutte engagée entre Racine et son illustre rival.

1. Les fragments écrits par Molière concernent principalement le rôle de Zéphyre, qu'il s'était attribué, et dont Robinet parle en ces termes :

Un Zephyre fort goguenard,
Et qui d'aimer sçait tres bien l'art,
Aide à l'Amour ; et c'est, pour rire,
Moliere qui fait ce Zephyre.

Quinault, chargé des intermèdes, et qui les écrivit tous, à l'exception de celui du premier acte que se réserva Lulli, perdit dans cette circonstance une belle occasion de se taire; mais la musique voila aux oreilles des spectateurs tant de fadaises rimées, tout au plus dignes d'un rapsode du *Mercure galant.*

Le jugement de Voltaire sur *Psiché* a vieilli. Suivant lui, « les ornements dont cette pièce fut embellie et la dépense royale qu'on fit pour ce spectacle lui firent pardonner ses défauts ». Ces défauts nous semblent aujourd'hui des qualités. Le plus gai des poètes s'est révélé dans *Psiché* comme le plus gracieux et le plus touchant.

Ce qui donne vraisemblance à la supposition que Louis XIV fut pour quelque chose dans le choix du sujet, ce sont les dépenses qu'entraîna la représentation. Tous les raffinements de l'art le plus magnifique furent appelés à rehausser la splendeur du spectacle. On fit construire expressément et à très grands frais dans le palais des Tuileries, sous la direction de l'ingénieur architecte Vigarani, une salle pour laquelle on ne trouva plus d'emploi par la suite. La « première » y fut donnée le 17 janvier 1671 [1], devant

1. Les historiens dramatiques du XVIIIe siècle ne connaissaient pas la date exacte de la première représentation. De Léris, parlant de *Psiché* dans la seconde édition de son *Dictionnaire des théâtres,* 1763, disait : « Elle fut

le roi, la reine, les princes et toute la cour. Les représentations se succédèrent, à partir du 24, en présence des mêmes spectateurs, jusque vers la fin du carnaval, c'est-à-dire jusqu'au 7 février. La *Gazette* dit que le ballet fut donné « avec tout l'éclat et toute la pompe imaginables ».

Excité par ce succès, Lulli se décida à exploiter le nouveau genre créé par ses collaborateurs et lui; il demanda et obtint, en mars 1672, le privilège de l'Académie royale de musique, privilège qui appartenait auparavant à l'abbé Perrin et au marquis de Sourdéac.

Mais Lulli végéta dans le quartier désert du Luxembourg, où était située l'Académie, d'autant plus que Molière, ayant porté *Psiché* sur la scène du Palais-Royal, attirait la foule par la nouveauté du spectacle.

Ici donnons la parole au Registre des comédiens, tenu par La Grange; il entre dans des détails bien curieux :

« Le dimanche 15 mars de la presente année, avant que de fermer le theatre, la troupe a resolu de faire retablir les dedans de la salle, qui avoient esté faits à la hate, lors de l'etablisse-

représentée devant le roi durant le carnaval de l'année 1670, et donnée au public, sur le théâtre du Palais-Royal, le 24 juillet 1671, ou, selon d'autres auteurs, le 11 novembre 1672. » Bret, dans son édition de Molière, se contenta des mêmes renseignements.

ment, et à la legere ; et que par deliberation il a esté conclu de refaire tout le theatre, particulierement la charpente, et de le rendre propre pour des machines ; de raccommoder toutes les loges et amphitheatres, bancs et balcons, tant pour ce qui regarde les ouvrages de menuiserie que de tapisserie et ornements et commodités; plus, de faire un grand plafond qui regne par toute la salle, qui, jusqu'audit jour XVe de mars, n'avoit esté couverte que d'une grande toile bleue suspendue avec des cordages. De plus, il a esté resolu de faire peindre lesdits plafond, loges et amphitheatres, et generalement tout ce qui concerne la decoration de ladite salle, où l'on a ajouté un troisiesme rang de loges qui n'y estoit point cy-devant; plus, d'avoir dorenavant, à toutes sortes de representations, tant simples que de machines, un concert de douze violons, ce qui n'a esté executé qu'apres la representation de *Psiché*.

« Sur ladite deliberation de la troupe, on a commencé à travailler auxdits ouvrages de reparation et de decoration de la salle le XVIIIe de mars, qui estoit un mercredi, et on a finy un mercredi XVe d'avril de la presente année. La depense generale s'est montée, en bois de menuiserie, charpenterie, serrurerie, peintures, toiles, clous, cordages, ustensiles, journées d'ouvriers, et generalement toutes choses necessaires, à dix-neuf cent quatre-vingt-neuf livres dix sols. Les Italiens sont entrés dans la moitié de la depense.

« Ledit jour, mercredi XVe d'avril, apres une deliberation de la compagnie de representer *Psiché*, qui avoit esté faite pour le roi l'hiver dernier et representée sur le grand theatre du palais des Tuileries, on commença à faire travailler tant aux machines, décorations, musique, ballets et generalement tous les ornements necessaires pour ce grand spectacle. Jusqu'ici les musiciens et musiciennes n'avoient point voulu paroistre en public ; ils chantoient à la comedie dans les loges grillées et treillissées; mais on surmonta cet obstacle, et, avec quelque legere depense, on trouva des personnes qui chanterent sur le theatre, à visage decouvert, habillées comme les comediens.....

« Tous lesdits frais et depenses pour la preparation de *Psiché*, en charpenterie, menuiserie, bois, serrurerie, peintures, toiles, cordages, contre-poids, machines, ustensiles, bas de soie pour les danseurs et les musiciens, vins des repetitions, plaques de fer blanc, ouvriers, fil de fer, laiton, et generalement toutes choses, se sont montés à la somme de quatre mille trois cent cinquante-neuf livres un sol.

« Dans le cours de la piece, M. de Beauchamp a reçu de recompense, pour avoir fait le ballet et conduit la musique, onze cents livres, non compris les onze livres par jour que la troupe lui a données tant pour battre la mesure à la musique que pour entretenir les ballets. »

Robinet, rendant compte de la première représentation, qui eut lieu le 24 juillet, paraphrase dans sa *Lettre* ce procès-verbal intime :

On y voit aussy tous les vols,
Les aeriens caracols,
Les machines et les entrées
Qui furent là tant admirées.

Il est fâcheux qu'il n'existe plus une affiche de *Psiché*. On y verrait sans doute l'annonce de toutes les merveilles qui frappèrent Robinet :

Les airs, les chœurs, la symphonie...
Les divers changements de scene...
Les mers, les jardins, les deserts,
Les palais, les cieux, les enfers...

Ce fut un grand succès, attesté par quatre-vingt-trois représentations en moins de deux années [1].

Cependant ce n'était pas sans une certaine audace et quelque danger que Molière avait fait descendre d'un théâtre aussi royalement installé que celui des Tuileries, sur une scène comme celle du Palais-Royal, une pièce qui exigeait,

1. Encore faut-il remarquer que les représentations furent interrompues vers la fin de 1672 par une maladie d'Armande Béjard.

pour produire quelque illusion, le plus grand luxe de mise en scène.

Robinet, s'expliquant sur la représentation des Tuileries, laisse entendre que rien de pareil ne pouvait être joué nulle part :

Ce ballet pompeux, grand, auguste...
Fut, pour le premier coup, dansé
Avec tant de grands ornements
Si merveilleux et si charmants,
Tant de colonnes, de pilastres,
Valant plusieurs mille piastres,
Tant de niches, tant de balcons,
Et, depuis son brillant plat-fonds
Jusques en bas, tant de peintures,
D'enrichissements et dorures,
Que l'on croit, sur la foi des yeux,
Etre en quelque canton des cieux...
On y voit tantost des palais
De marbre, en un tourne-main faits;
Puis, en moins de rien, à leur place,
Sans qu'il en reste nulle trace,
Des mers, des jardins, des déserts,
Enfin les cieux et les enfers.

La dépense faite par Molière pour transporter ces splendeurs au Palais-Royal n'équivaudrait pas à plus de 20,000 francs de notre monnaie. On juge du résultat qu'il put obtenir avec cette misère, et combien les Parisiens durent se montrer indulgents.

Quelques mois après ces prétendus travaux, la salle des comédiens de Sa Majesté tombait en ruine, les poutres étaient pourries, d'autres, placées au parterre, coupaient la vue de la scène, le service des décors était gêné par certaines saillies, etc. [1]

Les jeunes seigneurs qui avaient été admis aux représentations de la cour, et qui avaient applaudi *Psiché* dans ce milieu digne d'elle, la trouvèrent enfin déplacée sous la clincaillerie du Palais-Royal. Le 13 janvier 1673, notamment, eut lieu une scène scandaleuse qui paraît avoir été provoquée par l'état d'abandon des nuages de carton peint et autres trucs de fer-blanc après deux années d'usage (à la chandelle!). Le Parisien, né sceptique, pouvait-il, sous ces oripeaux défraîchis, se représenter les merveilles de la terre et des cieux promises par *Psiché?* Voici dans quels termes s'exprime le commissaire David, appelé par Molière pour contenir les turbulents qui s'amusaient de cette maigre décoration :

« Nous serions monté sur ledit théâtre, d'où, aussitôt que la première entrée s'est faite, avons aperçu dans ledit parterre, à la faveur de la clarté des chandelles, quelques gens d'épée à nous inconnus qui se seraient approchés dudit théâtre, lesquels murmuraient et frappaient du pied à terre, et quand la machine de Vénus est descendue, le chœur des chanteurs de cette entrée, récitant tous ensemble : *Descendez, mère*

1. Paul Lacroix, *Iconographie moliéresque*, 2e édit.

des Amours! lesdits gens d'épée, autant qu'avons pu remarquer être au nombre de vingt-cinq ou trente, de complot, auroient troublé lesdits chanteurs par des hurlements, chansons dérisionnaires et frappements de pied dans le parterre et contre les ais de l'enclos où sont les joueurs d'instruments, ce qui auroit obligé de cesser. Et comme nous avons particulièrement remarqué que les autres spectateurs étoient beaucoup alarmés de ce désordre, nous aurions dit audit sieur de La Thorillière de parler auxdits gens d'épée; ce qu'il a fait. Et leur ayant demandé civilement à quel dessein ils usoient de telles violences, que s'ils avoient donné de l'argent ladite troupe étoit prête de leur rendre, encore bien qu'il y avoit ordre exprès de ne laisser entrer aucune personne sans payement; qu'autrement, s'ils ne vouloient pas finir leur bruit et l'empêchement qu'ils mettoient à ladite comédie, il alloit faire baisser la toile et que la troupe se retireroit. Ils auroient tous repondu de commune voix et avec des tons comme absolus, en ces termes : « Nous nous moquons de l'argent que nous vous avons donné, nous n'en voulons point; que l'on recommence la comédie, nous voulons nous divertir pour notre argent! » Laquelle comédie a en effet été recommencée[1] ».

1. Émile Campardon, *Documents inédits*, etc., 1871, p. 68.

On sait déjà que Molière jouait dans sa pièce le rôle effacé du Zéphyre. Les autres personnages étaient représentés par Armande Béjard, *Psiché,* Baron, *l'Amour;* du Croisy, *Jupiter;* de Brie et sa femme, *le dieu d'un fleuve* et *Vénus;* Marie de l'Étang, *Aglaure;* Mlle Beauval, *Cidippe;* La Thorillière, *le père de Psiché;* Hubert et La Grange, les princes *Cleomene* et *Agenor;* Chateauneuf, *Lycas;* enfin les petites « pouponnes », les filles de La Thorillière et de du Croisy[1], les deux *Grâces,* et Mlle Turpin, *un amour.*

M. Soulié[2] croit que la fille de Molière figura aussi dans le prologue de *Psiché*, cela par suite d'un détail de l'inventaire des costumes de théâtre trouvés chez Molière après sa mort :

« Un petit habit d'enfant pour la même pièce, consistant en une jupe couleur de rose et un corps de taffetas vert, garni de dentelle fausse. » Nous supposons plutôt que cet habit d'enfant était celui de la « jeunette Turpin », comme l'appelle Robinet, ou de la petite La Thorillière, qui ne reprit pas le rôle d'Ægiale au Palais-Royal et céda sa place à une fille de l'actrice Beauval[3].

1. A partir de novembre 1672, Mlle du Croisy remplaça Molière dans le rôle du Zéphyre.

2. *Recherches*, etc., p. 89.

3. Molière se trouvait souvent dans l'obligation d'habiller les artistes de sa troupe. Cela lui arriva notamment à deux reprises pour Baron. D'abord lorsqu'il l'enleva à

Baron, qui s'était éloigné de Molière depuis quelques années, par suite d'une algarade d'Armande Béjard, avait repris sa place parmi les comédiens ordinaires après les vacances de 1670. Sur les prières de son ancien protecteur et à l'aide d'une lettre de cachet, il rompit l'engagement qui le retenait dans une troupe de province. Molière prenait son bien où il le trouvait : on s'en aperçoit aisément à cette action cavalière. Mais comment la lui imputer à crime ? Ce mode de recrutement était prévu par la loi, accepté ou subi par les directeurs et se conciliait avec l'état des mœurs.

Quoi qu'il en soit, ce nouveau grief s'ajouta aux autres plaintes de la légion hostile à Molière. La présence de Baron dans la troupe du roi excita au plus haut point la haine des envieux.

la Rasin, en 1664. Son premier soin, lorsque l'enfant arriva près de lui, fut de le mettre entre les mains d'un tailleur qui lui confectionna un costume en moins d'un jour. En second lieu, lorsque Baron rentra dans la troupe en 1670, sa misère était complète (nous n'acceptons pas comme vraie l'histoire qui fait oublier au jeune comédien sa bourse dans un lit d'auberge). Le fameux Philandre se trouva là juste à point pour vendre sa garde-robe à Baron, qui ne paya pas. Molière dut endosser la créance ; Baron paya moins encore. Molière mourut, et finalement ce fut Armande Béjard qui dut, pour faire honneur à la signature de son mari, solder le prix des « frusques » de Baron. — On sait que les poursuites étaient dirigées par Rollet, ce digne procureur immortalisé par Boileau. Voy. *Nouvelles Pièces sur Molière*, publiées par M. E. Campardon, Paris, 1876, in-12, p. 46.

Ce fut un débordement d'horreurs et de calomnies qui, répétées aveuglément, sont parvenues jusqu'à nous. Voilà deux siècles qu'on fait jouer un rôle odieux à Molière dans un ménage à trois, composé d'Armande, de Baron et de lui. Le pamphlet[1] qui a tant contribué à accréditer ces mensonges renferme sa propre réfutation dans l'exhubérance de ceux-ci. Telle est certaine conversation entre Baron et Armande, qui pourrait être sa grand'mère et qui semble reconnaître à cet amoureux de seize ans une autorité quelconque dans le monde galant : « La Molière lui répondit que les louanges qu'on donnoit à un homme comme lui estoient dues à son mérite, et qu'elle n'y avoit nulle part ; que cependant la galanterie d'une personne qu'on disoit avoir tant de maîtresses ne la surprenoit pas ; qu'il devoit estre aussi bon comédien hors du théâtre que sur la scène. » Baron se montra peut-être d'autant meilleur comédien qu'il n'éprouvait intérieurement aucun des sentiments que son rôle lui donnait à exprimer. L'ombrageux Molière ne put s'y tromper ; il garda Baron près de lui jusqu'à sa mort[2].

1. *Les Intrigues de Molière et celles de sa femme.* S. l. n. d.

2. M. Livet, éditeur des *Intrigues de Molière*, et qui a pris chaudement, comme il convenait, la défense de Molière, dans les notes de ce livre, ajoute, pour justifier Baron, qu'il s'empressa de quitter la troupe après la mort de Molière, « au moment même où il aurait pu rendre

L'inventaire de la succession de Molière ne mentionne pas le costume du Zéphyre ; mais en revanche il indique les quatre habillements d'Armande Béjard :

« Une jupe de toile d'or, garnie de trois dentelles d'argent, avec un corps en broderie et garni d'un tonnelet et manches d'or et d'argent fin ; une autre jupe de toile d'argent, dont le devant garni de plusieurs dentelles d'argent fin, avec une mante de crepe garnie de pareille dentelle, et une autre jupe de moire vert et argent, garnie de dentelle fausse, avec le corps en broderie, le tonnelet et les manches garnis d'or et d'argent fin ; une autre jupe de taffetas d'Angleterre bleu, garnie de quatre dentelles d'argent fin ; prix le tout ensemble 250 livres... Trois bouquets de plumes, l'un noir et les deux autres de differentes couleurs, servant aux habits de Psyché, prix 20 livres. »

Le programme de Psyché parut d'abord sous ce titre : « Psiché, tragi-comédie et ballet,

les plus grands services à la veuve de son bienfaiteur. — Où trouver, ajoute-t-il, les indices, sinon les preuves, d'une liaison coupable entre Armande et Baron ? Qui pourrait douter au contraire de leur mutuelle antipathie ? » Nous ne suivrons pas M. Livet sur ce terrain, nous contentant de lui faire observer que sa logique l'entraîne un peu loin, et que l'observation ne confirmerait pas sa preuve « d'antipathie ». La philosophie passionnelle nous enseigne qu'une femme légère qui perd son mari est presque toujours abandonnée tout de suite par ses amants : conséquence fatale de sa viduité.

donné devant Sa Majesté, au mois de janvier 1671. Paris, *Robert Ballard*, 1671 »; in-4° de 44 p., dont la dernière est blanche.

La première édition de la pièce proprement dite que nous reproduisons se compose de 2 ff. prélim., 90 p. et 1 f. pour le privilège.

Il est probable que Corneille et Quinault reçurent le prix de leur collaboration de la main même de celui qui leur avait demandé ce « peu de secours ». Nous ne voyons pas que la cassette royale se soit préoccupée de ce détail, et d'autre part le privilège de l'impression de *Psiché*, accordé pour dix ans à l'auteur responsable, ne mentionne aucun autre nom que le sien.

La tragédie de *Psiché* fut réimprimée au moins quatre fois la même année. Il y a une autre édition qui fut publiée deux mois après la mort de Molière : *Paris*, *Barbin*, 1673, in-12 de 2 f. prélim., 90 p. et 1 f. pour le privilège, à la fin duquel on lit : « Achevé d'imprimer le 12 avril 1673[1] ».

1. P. Lacroix, *Bibliographie moliéresque*, 2e édit., p. 19.

LOUIS LACOUR.

NOTES ET VARIANTES

Page 1, ligne 2. – *Tragédie ballet.* C'est ainsi que *Psiché* fut désignée lors de ses représentations à la ville. Sur le théâtre des Tuileries elle était « tragi-comédie et ballet »; sur le titre courant de l'édition *princeps*, elle devint une « tragédie »; mais dans le privilège son titre était bien différent : « *Les Amours de Psiché*, pièce de theatre » (voy. p. 99). Le public l'appelait plus simplement une « comédie ». Voyez ci-dessus le rapport du commissaire David.

Même page, l. 3.—*Et se vend pour l'autheur.* Ces mots, qui n'avaient jamais figuré dans les réimpressions des œuvres de Molière, en indiquant la part prise par celui-ci à la publication de ses pièces, apportent un nouvel élément à sa biographie. Sur la couverture de *Psiché*, ils permettent d'affirmer que l'Avis du libraire est de Molière, comme seul éditeur de son ouvrage.

P. 3, l. 5 et 6. — *M. de Moliere.* Dans le privilège comme dans ce passage, le nom de l'auteur prend la particule. Nous avons fait remarquer ailleurs que Molière n'en usa que très rarement et dans des circonstances extraordinaires. Les auteurs de l'édition de 1682 n'ont pas tenu compte de cette particularité : ils ont écrit tout simplement M. Moliere.

Même p., l. 17. — *M. Corneille l'aisné.* Ce dernier mot

n'est pas de Molière. Il a été ajouté par les éditeurs de 1682 pour faire remarquer que le collaborateur de *Psiché* avait été le grand Corneille, et non pas son frère.

P. 30, l. 25. — *Huit personnes affligées.* La Grange et Vinot ajoutent « qui, par leurs attitudes, expriment leur douleur ».

P. 36, l. 24. — M. C... Var. : « M. de Corneille l'aisné » (édit. de 1682).

P. 42, l. 13 et 14.

. . . . . On n'a que trop d'exemples
Qu'il est ainsi qu'ailleurs des meschans dans les temples.

Allusion aux cabales du clergé janséniste contre *Tartuffe* et son auteur.

P. 97, l. 7 et 8. — *En dansant avec des enseignes.* L'édition de 1682 dit : « En dansant avec des drapeaux et des enseignes. »

PSICHÉ

PSICHÉ

TRAGEDIE-BALLET.

Par I. B. P. MOLIERE.

Et se vend pour l'Autheur,

A PARIS,

Chez PIERRE LE MONNIER, au Palais, vis-à-vis la Porte de l'Eglise de la S. Chapelle, à l'Image S. Louis, et au Feu Divin.

M. DC. LXXI.

AVEC PRIVILEGE DV ROY.

LE LIBRAIRE AU LECTEUR

CET Ouvrage n'est pas tout d'une main. M. Quinault a fait les Paroles qui s'y chantent en Musique, à la reserve de la Plainte Italienne. M. de Moliere a dressé le Plan de la Piece, et reglé la disposition, où il s'est plus attaché aux beautez et à la pompe du Spectacle qu'à l'exacte regularité. Quant à la Versification, il n'a pas eu le loisir de la faire entiere. Le Carnaval approchoit, et les Ordres pressans du Roy, qui se vouloit donner ce magnifique Divertissement plusieurs fois avant le Caresme, l'ont mis dans la necessité de souffrir un peu de secours. Ainsi il n'y a que le Prologue, le Premier Acte, la Premiere Scene du Second, et la premiere du Troisiéme, dont les Vers soient de luy. M. Corneille l'aisné a employé une quinzaine au reste; et par ce moyen Sa Majesté s'est trouvée servie dans le temps qu'elle l'avoit ordonné.

ACTEURS.

JUPITER.

VENUS.

L'AMOUR.

ÆGIALE, PHAENE,	Graces.

PSICHE'.

LE ROY, Pere de Psiché.

AGLAURE, CIDIPPE,	Sœurs de Psiché.

CLEOMENE, AGENOR,	Princes Amans de Psiché.

LE ZEPHIRE.

LYCAS.

LE DIEU D'UN FLEUVE.

PSICHÉ,

TRAGEDIE-BALLET.

PROLOGUE.

LA Scene represente sur le devant un Lieu champestre, et dans l'enfoncement un Rocher percé à jour, à travers duquel on voit la Mer en éloignement.

Flore paroist au milieu du Théatre accompagnée de Vertumne, Dieu des Arbres et des Fruits, et de Palæmon, Dieu des Eaux. Chacun de ces Dieux conduit une Troupe de Devinitez; l'un mene à sa suite des Dryades et des Sylvains; et l'autre des Dieux, des Fleuves et des Nayades. Flore chante ce Recit pour inviter Venus à descendre en Terre.

CE n'est plus le temps de la Guerre,
Le plus puissant des Rois
Interrompt ses Explois
Pour donner la Paix à la Terre.
Descendez, Mere des Amours,
Venez nous donner de beaux jours.

Vertumne et Palæmon, avec les Divinitez qui les accompagnent, joignent leurs voix à celle de Flore et chantent ces paroles.

CHOEUR DES DIVINITEZ de la Terre et des Eaux.

Composé de *Flore, Nymphes, Palæmon, Vertumne, Sylvains, Faunes, Dryades, et Nayades.*

NOus goustons une Paix profonde;
Les plus doux Ieux sont icy bas;
On doit ce repos plein d'appas
Au plus grand Roy du Monde.
Descendez, Mere des Amours,
Venez nous donner de beaux jours.

Il se fait ensuite une Entrée de Ballet, composée de deux Dryades, quatre Sylvains, deux Fleuves, et deux Nayades. Apres laquelle, Vertumne et Palæmon chantent ce Dialogue.

VERTUMNE.

REndez-vous, Beautez cruelles,
Soûpirez à vostre tour.

PALÆMON.

Voici la Reyne des Belles,
Qui vient inspirer l'amour.

VERTUMNE.

Un bel Objet toûjours severe
Ne se fait jamais bien aimer.

PALÆMON.

C'est la beauté qui commence de plaire,
Mais la douceur acheve de charmer.

Ils repetent ensemble ces derniers Vers.

C'est la beauté qui commence de plaire,
Mais la douceur acheve de charmer.

VERTUMNE.

Souffrons tous qu'Amour nous blesse ;
Languissons, puisqu'il le faut.

PALÆMON.

Que sert un cœur sans tendresse?
Est-il un plus grand defaut?

VERTUMNE.

Un bel Objet toûjours severe
Ne se fait jamais bien aimer.

PALÆMON.

C'est la beauté qui commence de plaire,
Mais la douceur acheve de charmer.

Flore répond au Dialogue de Vertumne et Palæmon, par ce Menuet; et les autres Divinitez y meslent leurs Dances.

ESt-on sage
Dans le bel âge,
Est-on sage
De n'aimer pas?
Que sans cesse
L'on se presse
De gouster les plaisirs icy bas :
La sagesse
De la Jeunesse,
C'est de sçavoir joüir de ses appas.

L'amour charme
Ceux qu'il desarme;
L'Amour charme,
Cedons luy tous.
Nostre peine
Seroit vaine
De vouloir resister à ses coups :
Quelque chaîne
Qu'un Amant prenne,
La liberté n'a rien qui soit si doux.

Vénus descend du Ciel dans une grande Machine avec l'Amour son fils, et deux petites Graces, nommées Ægiale et Phaéne : Et les Divinitez de la Terre et des Eaux recommencent de joindre toutes leurs voix, et continuënt par leurs Dances de luy témoigner la joye qu'elles ressentent à son abord.

CHŒUR DE TOUTES LES
Divinitez de la Terre et des Eaux.

NOus goustons une Paix profonde ;
Les plus doux Ieux sont icy bas;
On doit ce repos plein d'appas
Au plus grand Roy du Monde.
Descendez, Mere des Amours,
Venez nous donner de beaux jours.

VENUS *dans sa Machine.*

CEssez, cessez pour moy tous vos chants d'allegresse :
De si rares honneurs ne m'appartiennent pas,
Et l'hommage qu'icy vostre bonté m'adresse,
Doit estre reservé pour de plus doux appas.

C'est une trop vieille méthode
De me venir faire sa Cour;
Toutes les choses ont leur tour,
Et Vénus n'est plus à la mode.
Il est d'autres attraits naissans,
Où l'on va porter ses encens;
Psiché, Psiché la Belle, aujourd'huy tient ma place,
Déjà tout l'Univers s'empresse à l'adorer,
Et c'est trop que dans ma disgrace
Je trouve encor quelqu'un qui me daigne honorer.
On ne balance point entre nos deux mérites,
A quitter mon party tout s'est licencié,
Et du nombreux amas de Graces favorites,
Dont je traisnois par tout les soins et l'amitié,
Il ne m'en est resté que deux des plus petites,
Qui m'accompagnent par pitié.
Souffrez que ces Demeures sombres
Prestent leur solitude aux troubles de mon cœur,
Et me laissez parmy leurs ombres
Cacher ma honte et ma douleur.

Flore et les autres Deïtez se retirent, et Vénus avec sa Suite sort de sa Machine.

ÆGIALE.

Nous ne sçavons, Déesse, comment faire,
Dans ce chagrin qu'on voit vous accabler :
Nostre respect veut se taire,
Nostre zéle veut parler.

VENUS.

Parlez, mais si vos soins aspirent à me plaire,
Laissez tous vos conseils pour une autre saison,
Et ne parlez de ma colere,
Que pour dire que j'ay raison.
C'estoit-là, c'estoit-là la plus sensible offence
Que ma Divinité pût jamais recevoir;

Mais j'en auray la vangeance,
Si les Dieux ont du pouvoir.

PHAENE.

Vous avez plus que nous de clartez, de sagesse,
Pour juger ce qui peut estre digne de vous :
Mais pour moy, j'aurois crû qu'une grande Déesse
Devroit moins se mettre en couroux.

VENUS.

Et c'est là la raison de ce couroux extréme.
Plus mon rang a d'éclat, plus l'affront est sanglant,
Et si je n'estois pas dans ce degré supréme,
Le dépit de mon cœur seroit moins violent.
Moy, la Fille du Dieu qui lance le Tonnerre,
Mere du Dieu qui fait aimer;
Moy, les plus doux souhaits du Ciel et de la Terre,
Et qui ne suis venuë au jour que pour charmer;
Moy, qui par tout ce qui respire
Ay vû de tant de vœux encenser mes Autels,
Et qui de la Beauté, par des droicts immortels,
Ay tenu de tout temps le souverain Empire;
Moy, dont les yeux ont mis deux grandes Deïtez
Au point de me ceder le prix de la plus belle,
Je me voy ma victoire et mes droits disputez
Par une chetive Mortelle!
Le ridicule excés d'un fol entestement
Va jusqu'à m'opposer une petite Fille!
Sur ses traits et les miens j'essuyray constament
Un temeraire jugement!
Et du haut des Cieux où je brille,
J'entendray prononcer aux Mortels prévenus :
Elle est plus belle que Vénus!

ÆGIALE.

Voila comme l'on fait, c'est le style des Hommes,
Ils sont impertinens dans leurs comparaisons.

PHAENE.

Ils ne sçauroient loüer dans le Siecle où nous sommes,
Qu'ils n'outragent les plus grands noms.

VENUS.

Ah que de ces trois mots la rigueur insolente
Vange bien Junon et Pallas,
Et console leurs cœurs de la gloire éclatante
Que la fameuse Pomme acquit à mes appas!
Je les voy s'applaudir de mon inquietude,
Affecter à toute heure un ris malicieux,
Et d'un fixe regard chercher avec étude
Ma confusion dans mes yeux.
Leur triomphante joye, au fort d'un tel outrage,
Semble me venir dire, insultant mon couroux,
Vante, vante, Vénus, les traits de ton visage,
Au jugement d'un seul tu l'emportas sur nous,
Mais par le jugement de tous
Une simple Mortelle a sur toy l'avantage.
Ah! ce coup-là m'acheve, il me perce le cœur,
Je n'en puis plus souffrir les rigueurs sans égales,
Et c'est trop de surcroist à ma vive douleur,
Que le plaisir de mes Rivales.
Mon Fils, si j'eus jamais sur toy quelque crédit,
Et si jamais je te fus chere,
Si tu portes un cœur à sentir le dépit
Qui trouble le cœur d'une Mere
Qui si tendrement te chérit,
Employe, employe icy l'effort de ta puissance
A soûtenir mes interests,
Et fais à Psiché par tes traits
Sentir les traits de ma vangeance.
Pour rendre son cœur malheureux,
Prens celuy de tes traits le plus propre à me plaire,
Le plus empoisonné de ceux
Que tu lances dans ta colere;

Du plus bas, du plus vil, du plus affreux Mortel,
Fais que jusqu'à la rage elle soit enflâmée,
Et qu'elle ait à souffrir le suplice cruel
D'aimer et n'estre point aimée.

L'AMOUR.

Dans le Monde on n'entend que plaintes de l'Amour,
On m'impute par tout mille fautes commises,
Et vous ne croiriez point le mal et les sottises
Que l'on dit de moy chaque jour.
Si pour servir vostre colere...

VENUS.

Va, ne resiste point aux souhaits de ta Mere,
N'applique tes raisonnemens
Qu'à chercher les plus promps momens
De faire un sacrifice à ma gloire outragée.
Parts, pour toute réponse à mes empressemens,
Et ne me revoy point que je ne sois vangée.

L'Amour s'envole, et Venus se retire avec les Graces.

La Scene est changée en une grande Ville, où l'on découvre des deux costez des Palais et des Maisons de diférens ordres d'Architecture.

ACTE PREMIER.

SCENE PREMIERE.

AGLAURE, CIDIPPE.

AGLAURE.

IL est des maux, ma Sœur, que le silence aigrit,
Laissons, laissons parler mon chagrin et le vostre,
Et de nos cœurs l'un à l'autre
Exhalons le cuisant dépit :
Nous nous voyons Sœurs d'infortune,
Et la vostre et la mienne ont un si grand raport,
Que nous pouvons mesler toutes les deux en une,
Et dans nostre juste transport
Murmurer à plainte commune
Des cruautez de nostre sort.
Quelle fatalité secrette,
Ma sœur, soûmet tout l'Univers
Aux attraits de nostre Cadette,
Et de tant de Princes divers
Qu'en ces lieux la Fortune jette,

N'en presente aucun à nos fers?
Quoy, voir de toutes parts, pour luy rendre les armes,
Les cœurs se précipiter,
Et passer devant nos charmes,
Sans s'y vouloir arrester?
Quel sort ont nos yeux en partage,
Et qu'est-ce qu'ils ont fait aux Dieux,
De ne joüir d'aucun hommage,
Parmy tous ces tributs de soûpirs glorieux,
Dont le superbe avantage
Fait triompher d'autres yeux?
Est-il pour nous, ma Sœur, de plus rude disgrace,
Que de voir tous les cœurs mépriser nos appas,
Et l'heureuse Psiché jouïr avec audace
D'une foule d'Amans attachez à ses pas?

CIDIPPE.

Ah, ma Sœur, c'est une avanture
A faire perdre la raison,
Et tous les maux de la Nature,
Ne sont rien en comparaison.

AGLAURE.

Pour moy j'en suis souvent jusqu'à verser des larmes,
Tout plaisir, tout repos, par là m'est arraché,
Contre un pareil malheur ma constance est sans armes,
Toûjours à ce chagrin mon esprit attaché
Me tient devant les yeux la honte de nos charmes,
Et le triomphe de Psiché.
La nuit il m'en repasse une idée éternelle
Qui sur toute chose prévaut;
Rien ne me peut chasser cette image cruelle,
Et dés qu'un doux sommeil me vient délivrer d'elle,
Dans mon esprit aussitost
Quelque songe la rappelle,
Qui me réveille en sursaut.

CIDIPPE.

Ma Sœur, voila mon martire,
Dans vos discours je me voy,
Et vous venez-là de dire
Tout ce qui se passe en moy.

AGLAURE.

Mais encor, raisonnons un peu sur cette affaire.
Quels charmes si puissans en elle sont épars,
Et par où, dites-moy, du grand secret de plaire,
L'honneur est-il acquis à ses moindres regards?
Que voit-on dans sa personne,
Pour inspirer tant d'ardeurs?
Quel droit de beauté luy donne
L'Empire de tous les cœurs?
Elle a quelques attraits, quelque éclat de jeunesse,
On en tombe d'accord, je n'en disconviens pas ;
Mais luy cede-t-on fort pour quelque peu d'aisnesse,
Et se voit-on sans appas?
Est-on d'une figure à faire qu'on se raille?
N'a-t-on point quelques traits, et quelques agrémens,
Quelque teint, quelques yeux, quelque air, et quelque taille
A pouvoir dans nos fers jetter quelques Amans?
Ma Sœur, faites-moy la grace
De me parler franchement :
Suis-je faite d'un air, à vostre jugement,
Que mon mérite au sien doive ceder la place,
Et dans quelque ajustement
Trouvez-vous qu'elle m'efface?

CIDIPPE.

Qui, vous, ma Sœur? nullement.
Hier à la Chasse, pres d'elle,
Ie vous regarday longtemps,
Et sans vous donner d'encens,
Vous me parustes plus belle.
Mais moy, dites ma Sœur, sans me vouloir flater,

Sont-ce des visions que je me mets en teste,
Quand je me croy taillée à pouvoir meriter
La gloire de quelque conqueste ?

AGLAURE.

Vous, ma Sœur, vous avez sans nul déguisement,
Tout ce qui peut causer une amoureuse flâme;
Vos moindres actions brillent d'un agrément
Dont je me sens toucher l'ame,
Et je serois vostre Amant,
Si j'estois autre que Femme.

CIDIPPE.

D'où vient donc qu'on la voit l'emporter sur nous deux,
Qu'à ses premiers regards les cœurs rendent les armes,
Et que d'aucun tribut de soûpirs et de vœux
On ne fait honneur à nos charmes ?

AGLAURE.

Toutes les Dames d'une voix
Trouvent ses attraits peu de chose,
Et du nombre d'Amans qu'elle tient sous ses loix,
Ma Sœur, j'ay découvert la cause.

CIDIPPE.

Pour moy je la devine, et l'on doit présumer
Qu'il faut que là-dessous soit caché du mistere :
Ce secret de tout enflâmer
N'est point de la Nature un effet ordinaire;
L'Art de la Thessalie entre dans cette affaire,
Et quelque main a sceu sans doute luy former
Un charme pour se faire aimer.

AGLAURE.

Sur un plus fort appuy ma croyance se fonde,
Et le charme qu'elle a pour attirer les cœurs,
C'est un air en tout temps desarmé de rigueurs,
Des regards caressans que la bouche seconde,
Un soûris chargé de douceurs
Qui tend les bras à tout le monde,

Et ne vous promet que faveurs.
Nostre gloire n'est plus aujourd'huy conservée,
Et l'on n'est plus au temps de ces nobles fiertez,
Qui par un digne essay d'illustres cruautez,
Vouloient voir d'un Amant la constance éprouvée.
De tout ce noble orgueil qui nous seyoit si bien,
On est bien descendu dans le Siecle où nous sommes,
Et l'on en est reduite à n'esperer plus rien,
A moins que l'on se jette à la teste des Hommes.

CIDIPPE.

Oüy, voila le secret de l'affaire, et je voy
Que vous le prenez mieux que moy.
C'est pour nous attacher à trop de bienseance,
Qu'aucun Amant, ma Sœur, à nous ne veut venir,
Et nous voulons trop soûtenir
L'honneur de nostre Sexe, et de nostre naissance.
Les Hommes maintenant aiment ce qui leur rit,
L'espoir, plus que l'Amour, est ce qui les attire,
Et c'est par là que Psiché nous ravit
Tous les Amans qu'on voit sous son empire.
Suivons, suivons l'exemple, ajustons-nous au temps,
Abaissons-nous, ma Sœur, à faire des avances,
Et ne ménageons plus de tristes bienseances
Qui nous ostent les fruits du plus beau de nos ans.

AGLAURE.

J'aprouve la pensée, et nous avons matiere
D'en faire l'épreuve premiere
Aux deux Princes qui sont les derniers arrivez.
Ils sont charmans, ma Sœur, et leur personne entiere
Me... Les avez-vous observez?

CIDIPPE.

Ah, ma Sœur, ils sont faits tous deux d'une maniere,
Que mon ame... Ce sont deux Princes achevez.

AGLAURE.
Je trouve qu'on pourroit rechercher leur tendresse,
Sans se faire des-honneur.
CIDIPPE.
Je trouve que sans honte une belle Princesse
Leur pourroit donner son cœur.

SCENE II.

CLEOMENE, AGENOR,
AGLAURE, CIDIPPE.

AGLAURE.
LEs voicy tous deux, et j'admire
Leur air et leur ajustement.
CIDIPPE.
Ils ne dementent nullement
Tout ce que nous venons de dire.
AGLAURE.
D'où vient, Princes, d'où vient que vous fuyez ainsy?
Prenez-vous l'épouvante en nous voyant paroistre?
CLEOMENE.
On nous faisoit croire qu'icy
La Princesse Psiché, Madame, pourroit estre.
AGLAURE.
Tous ces lieux n'ont-ils rien d'agreable pour vous,
Si vous ne les voyez ornez de sa presence?

AGENOR.

Ces lieux peuvent avoir des charmes assez doux;
Mais nous cherchons Psiché dans nostre impatience.

CIDIPPE.

Quelque chose de bien pressant
Vous doit à la chercher pousser tous deux sans doute.

CLEOMENE.

Le motif est assez puissant,
Puis que nostre fortune enfin en dépend toute.

AGLAURE.

Ce seroit trop à nous, que de nous informer
Du secret que ces mots nous peuvent enfermer.

CLEOMENE.

Nous ne pretendons point en faire de mistere;
Aussi bien malgré nous paroistroit-il au jour,
Et le secret ne dure guere,
Madame, quand c'est de l'amour.

CIDIPPE.

Sans aller plus avant, Princes, cela veut dire,
Que vous aimez Psiché tous deux.

AGENOR.

Tous deux soûmis à son empire
Nous allons de concert luy découvrir nos feux.

AGLAURE.

C'est une nouveauté sans doute assez bizarre,
Que deux Rivaux si bien unis.

CLEOMENE.

Il est vray que la chose est rare,
Mais non pas impossible à deux parfaits Amis.

CIDIPPE.

Est-ce que dans ces lieux il n'est qu'elle de belle,
Et n'y trouvez-vous point à separer vos vœux?

AGLAURE.

Parmi l'éclat du sang, vos yeux n'ont-ils veu qu'elle
A pouvoir meriter vos feux?

CLEOMENE.

Est-ce que l'on consulte au moment qu'on s'enflâme
Choisit-on qui l'on veut aimer?
Et pour donner toute son ame,
Regarde-t-on quel droit on a de nous charmer?

AGENOR.

Sans qu'on ait le pouvoir d'élire,
On suit dans une telle ardeur
Quelque chose qui nous attire,
Et lors que l'Amour touche un cœur,
On n'a point de raisons à dire.

AGLAURE.

En verité je plains les fâcheux embarras
Où je voy que vos cœurs se mettent;
Vous aimez un objet dont les rians appas
Mesleront des chagrins à l'espoir qu'ils vous jettent,
Et son cœur ne vous tiendra pas
Tout ce que ses yeux vous promettent.

CIDIPPE.

L'espoir qui vous appelle au rang de ses Amans
Trouvera du méconte aux douceurs qu'elle étale;
Et c'est pour essuyer de tres-fâcheux momens,
Que les soudains retours de son ame inégale.

AGLAURE.

Un clair discernement de ce que vous valez
Nous fait plaindre le Sort où cet Amour vous guide,
Et vous pouvez trouver tous deux, si vous voulez,
Avec autant d'attraits, une ame plus solide.

CIDIPPE.

Par un choix plus doux de moitié
Vous pouvez de l'Amour sauver vostre amitié,
Et l'on voit en vous deux un merite si rare,

Qu'un tendre avis veut bien prevenir par pitié
Ce que vostre cœur se prepare.

CLEOMENE.

Cet avis genereux fait pour nous éclater
Des bontez qui nous touchent l'ame ;
Mais le Ciel nous reduit à ce malheur, Madame,
De ne pouvoir en profiter.

AGENOR.

Vostre illustre pitié veut en vain nous distraire
D'un amour dont tous deux nous redoutons l'effet ;
Ce que nostre amitié, Madame, n'a pas fait,
Il n'est rien qui le puisse faire.

CIDIPPE.

Il faut que le pouvoir de Psiché... La voicy.

SCENE III.

PSICHE', CIDIPPE, AGLAURE, CLEOMENE, AGENOR.

CIDIPPE.

VEnez jouïr, ma Sœur, de ce qu'on vous apreste.

AGLAURE.

Preparez vos attraits à recevoir icy
Le triomphe nouveau d'une illustre conqueste.

CIDIPPE.

Ces Princes ont tous deux si bien senty vos coups,
Qu'à vous le découvrir leur bouche se dispose.

PSICHE'.

Du sujet qui les tient si resveurs parmy nous
Je ne me croyois pas la cause,
Et j'aurois crû toute autre chose
En les voyant parler à vous.

AGLAURE.

N'ayant ny beauté, ny naissance
A pouvoir meriter leur amour et leurs soins,
Ils nous favorisent au moins
De l'honneur de la confidence.

CLEOMENE.

L'aveu qu'il nous faut faire à vos divins appas,
Est sans doute, Madame, un aveu temeraire;
Mais tant de cœurs pres du trépas,
Sont par de tels aveus forcez à vous déplaire,
Que vous estes reduite à ne les punir pas
Des foudres de vostre colere.
Vous voyez en nous deux Amis,
Qu'un doux raport d'humeurs sçeut joindre dés l'enfance,
Et ces tendres liens se sont veus affermis
Par cent combats d'estime et de reconnoissance.
Du Destin ennemy les assauts rigoureux,
Les mépris de la mort et l'aspect des supplices,
Par d'illustres éclats de mutuels offices
Ont de nostre amitié signalé les beaux nœuds:
Mais à quelques essais qu'elle se soit trouvée,
Son grand triomphe est en ce jour,
Et rien ne fait tant voir sa constance éprouvée,
Que de se conserver au milieu de l'Amour.
Oüy, malgré tant d'apas, son illustre constance
Aux Loix qu'elle nous fait a soûmis tous nos vœux;
Elle vient d'une douce et pleine déference
Remettre à vostre choix le succés de nos feux,
Et pour donner un poids à nostre concurrence,
Qui des raisons d'Estat entraisne la balance

Sur le choix de l'un de nous deux.
Cette mesme amitié s'offre sans répugnance
D'unir nos deux Estats au sort du plus heureux.

AGENOR.

Oüy, de ces deux Etats, Madame,
Que sous vostre heureux choix nous nous offrons d'unir,
Nous voulons faire à nostre flâme
Un secours pour vous obtenir.
Ce que pour ce bonheur, pres du Roy vostre Pere
Nous nous sacrifions tous deux,
N'a rien de difficile à nos cœurs amoureux,
Et c'est au plus heureux faire un don necessaire
D'un pouvoir dont le malheureux,
Madame, n'aura plus affaire.

PSICHE'.

Le choix que vous m'offrez, Princes, montre à mes yeux
De quoy remplir les vœux de l'ame la plus fiere,
Et vous me le parez tous deux d'une maniere,
Qu'on ne peut rien offrir qui soit plus précieux.
Vos feux, vostre amitié, vostre vertu supréme,
Tout me releve en vous l'offre de vostre foy,
Et j'y vois un mérite à s'opposer luy-mesme
A ce que vous voulez de moy.
Ce n'est pas à mon cœur qu'il faut que je défere
Pour entrer sous de tels liens;
Ma main pour se donner, attend l'ordre d'un Pere,
Et mes Sœurs ont des droits qui vont devant les miens.
Mais si l'on me rendoit sur mes vœux absoluë,
Vous y pourriez avoir trop de part à la fois,
Et toute mon estime entre vous suspenduë
Ne pourroit sur aucun laisser tomber mon choix.
A l'ardeur de vostre poursuite
Je répondrois assez de mes vœux les plus doux,
Mais c'est parmy tant de mérite
Trop que deux cœurs pour moy, trop peu qu'un cœur pour vous.

De mes plus doux souhaits j'aurois l'ame gesnée
A l'effort de vostre amitié,
Et j'y vois l'un de vous prendre une Destinée
A me faire trop de pitié.
Oüy, Princes, à tous ceux dont l'amour suit le vostre,
Je vous prefererois tous deux avec ardeur;
Mais je n'aurois jamais le cœur
De pouvoir preferer l'un de vous deux à l'autre.
A celuy que je choisirois,
Ma tendresse feroit un trop grand sacrifice,
Et je m'imputerois à barbare injustice
Le tort qu'à l'autre je ferois.
Oüy, tous deux vous brillez de trop de grandeur d'ame,
Pour en faire aucun malheureux,
Et vous devez chercher dans l'amoureuse flâme
Le moyen d'estre heureux tous deux.
Si vostre cœur me considere
Assez pour me souffrir de disposer de vous,
J'ay deux Sœurs capables de plaire,
Qui peuvent bien vous faire un destin assez doux,
Et l'amitié me rend leur personne assez chere,
Pour vous souhaiter leurs Epoux.

CLEOMENE.

Un cœur dont l'amour est extréme
Peut-il bien consentir, helas,
D'estre donné par ce qu'il aime!
Sur nos deux cœurs, Madame, à vos divins appas
Nous donnons un pouvoir supréme,
Disposez en pour le trépas,
Mais pour une autre que vous-mesme
Ayez cette bonté de n'en disposer pas.

AGENOR.

Aux Princesses, Madame, on feroit trop d'outrage,
Et c'est pour leurs attraits un indigne partage,
Que les restes d'une autre ardeur;

Il faut d'un premier feu la pureté fidelle,
Pour aspirer à cet honneur
Où vostre bonté nous appelle,
Et chacune mérite un cœur
Qui n'ait soûpiré que pour elle.

AGLAURE.

Il me semble, sans nul couroux,
Qu'avant que de vous en défendre,
Princes, vous deviez bien attendre
Qu'on se fust expliqué sur vous.
Nous croyez-vous un cœur si facile et si tendre?
Et lors qu'on parle icy de vous donner à nous,
Sçavez-vous si l'on veut vous prendre?

CIDIPPE.

Je pense que l'on a d'assez hauts sentimens
Pour refuser un cœur qu'il faut qu'on sollicite,
Et qu'on ne veut devoir qu'à son propre mérite
La conqueste de ses Amans.

PSICHE'.

I'ay crû pour vous, mes Sœurs, une gloire assez grande
Si la possession d'un mérite si haut...

SCENE IV.

LYCAS, PSICHE', AGLAURE, CIDIPPE, CLEOMENE, AGENOR.

LYCAS.

AH, Madame!

PSICHE'.

Qu'as-tu?

LYCAS.

Le Roy.

PSICHE'.

Quoy?

LYCAS

Vous demande.

PSICHE'.

De ce trouble si grand, que faut-il que j'attende?

LYCAS.

Vous ne le sçaurez que trop tost.

PSICHE'.

Helas! que pour le Roy tu me donnes à craindre!

LYCAS.

Ne craignez que pour vous, c'est vous que l'on doit plaindre.

PSICHE'.

C'est pour loüer le Ciel, et me voir hors d'effroy,

De sçavoir que je n'aye à craindre que pour moy.
Mais apren-moy, Lycas, le sujet qui te touche.

LYCAS.

Souffrez que j'obeïsse à qui m'envoye icy,
Madame, et qu'on vous laisse aprendre de sa bouche
Ce qui peut m'affliger ainsy.

PSICHE'.

Allons sçavoir surquoy l'on craint tant ma foiblesse.

SCENE V.

AGLAURE, CIDIPPE, LYCAS.

AGLAURE.

SI ton ordre n'est pas jusqu'à nous étendu,
Dy-nous quel grand malheur nous couvre ta tristesse.

LYCAS.

Helas! ce grand malheur dans la Cour répandu,
Voyez-le vous-mesme, Princesse,
Dans l'Oracle qu'au Roy les Destins ont rendu.
Voicy ses propres mots, que la douleur, Madame,
A gravez au fond de mon ame.

Que l'on ne pense nullement
A vouloir de Psiché conclure l'Hymenée;
Mais qu'au sommet d'un Mont elle soit promptement

En pompe funebre menée,
Et que de tous abandonnée,
Pour Epoux elle attende en ces lieux constamment
Vn Monstre dont on a la veuë empoisonnée,
Vn Serpent qui répand son venin en tous lieux,
Et trouble dans sa rage et la Terre et les Cieux.

Apres un Arrest si severe,
Je vous quitte, et vous laisse à juger entre vous,
Si par de plus cruels et plus sensibles coups
Tous les Dieux nous pouvoient expliquer leur colere.

SCENE VI.

AGLAURE, CIDIPPE.

CIDIPPE.

MA Sœur, que sentez-vous à ce soudain malheur
Où nous voyons Psiché par les Destins plongée?

AGLAURE.

Mais vous, que sentez-vous, ma Sœur?

CIDIPPE.

A ne vous point mentir, je sens que dans mon cœur
Je n'en suis pas trop affligée.

AGLAURE.

Moy, je sens quelque chose au mien
Qui ressemble assez à la joye.
Allons, le Destin nous envoye
Un mal que nous pouvons regarder comme un bien.

PREMIER INTERMEDE.

LA Scene est changée en des Rochers affreux, et fait voir en éloignement une Grotte effroyable.

C'est dans ce Desert que Psiché doit estre exposée pour obeïr à l'Oracle. Vne Troupe de Personnes affligées y viennent déplorer sa disgrace. Vne partie de cette Troupe desolée témoigne sa pitié par des Plaintes touchantes, et par des Concerts lugubres; et l'autre exprime sa desolation par une Dance pleine de toutes les marques du plus violent desespoir.

PLAINTES EN ITALIEN,

chantées par une Femme desolée, et deux Hommes affligez.

Femme desolée.

DEh, piangete al pianto mio,
Saffi duri, antiche selve,
Lagrimate fonti, e belve,
D'un bel volto il fato rio.

1. *Homme affligé.*

Ahi dolore!

2. *Homme affligé.*

Ahi martire!

1. *Homme affligé.*

Cruda morte!

2. *Homme affligé.*

Empia sorte!

TOUS TROIS.

Che condanni a morir tanta beltà.
Cieli, stelle, ahi crudeltà!

2. *Homme affligé.*

Com' esser puo fra voi, ô Numi eterni,
Chi voglia estinta una beltà innocente?
Ahi! che tanto rigor, Cielo inclemente,
Vince di crudeltà gli stessi Inferni!

1. *Homme affligé.*

Nume fierto!

2. *Homme affligé.*

Dio severo!

ENSEMBLE.

Perche tanto rigor
Contro innocente cor?
Ahi, sentenza inudita,
Dar morte à la Beltà, ch' altrui da vita!

Femme desolée.

Ahi ch' indarno si tarda,
Non resiste à gli Dei mortale affetto,
Alto impero ne sforza,
Ove commanda il Ciel, l' Vom cede à forza.

Ahi dolore! etc. *Come sopra.*

Ces Plaintes sont entrecoupées et finies par une Entrée de Ballet de huit Personnes affligées.

ACTE II.

SCENE PREMIERE.

LE ROY, PSICHE', AGLAURE, CIDIPPE, LYCAS, SVITE.

PSICHE'.

De vos larmes, Seigneur, la source m'est bien chere ;
Mais c'est trop aux bontez que vous avez pour moy,
Que de laisser regner les tendresses de Pere
Iusques dans les yeux d'un grand Roy.
Ce qu'on vous voit icy donner à la Nature,
Au rang que vous tenez, Seigneur, fait trop d'injure,
Et j'en dois refuser les touchantes faveurs :
Laissez moins sur vostre sagesse
Prendre d'empire à vos douleurs,
Et cessez d'honorer mon destin par des pleurs,
Qui dans le cœur d'un Roy montrent de la foiblesse.

LE ROY.

Ah! ma Fille, à ces pleurs laisse mes yeux ouverts,

Mon deüil est raisonnable, encor qu'il soit extréme,
Et lors que pour toûjours on perd ce que je perds,
La Sagesse, croy-moy, peut pleurer elle-mesme.
En vain l'orgueil du Diadéme
Veut qu'on soit insensible à ces cruels revers,
En vain de la Raison les secours sont offerts,
Pour vouloir d'un œil sec voir mourir ce qu'on aime :
L'effort en est barbare aux yeux de l'Univers,
Et c'est brutalité plus que vertu supréme.
Je ne veux point dans cette adversité
Parer mon cœur d'insensibilité,
Et cacher l'ennuy qui me touche ;
Je renonce à la vanité
De cette dureté farouche,
Que l'on appelle fermeté ;
Et de quelque façon qu'on nomme
Cette vive douleur dont je ressens les coups,
Je veux bien l'étaler, ma Fille, aux yeux de tous,
Et dans le cœur d'un Roy montrer le cœur d'un Homme.

PSICHE'.

Je ne mérite pas cette grande douleur :
Opposez, opposez un peu de resistance
Aux droits qu'elle prend sur un cœur
Dont mille évenemens ont marqué la puissance.
Quoy, faut-il que pour moy vous renonciez, Seigneur,
A cette Royale constance,
Dont vous avez fait voir dans les coups du malheur
Une fameuse expérience ?

LE ROY.

La constance est facile en mille occasions.
Toutes les révolutions
Où nous peut exposer la Fortune inhumaine,
La perte des grandeurs, les persécutions,
Le poison de l'Envie, et les traits de la Haine,

N'ont rien que ne puissent sans peine
Braver les résolutions
D'une ame où la Raison est un peu souveraine :
Mais ce qui porte des rigueurs
A faire succomber les cœurs
Sous le poids des douleurs ameres,
Ce sont, ce sont les rudes traits
De ces fatalitez severes,
Qui nous enlevent pour jamais
Les Personnes qui nous sont cheres.
La raison contre de tels coups
N'offre point d'armes secourables,
Et voila des Dieux en couroux
Les foudres les plus redoutables
Qui se puissent lancer sur nous.

PSICHE'.

Seigneur, une douceur icy vous est offerte :
Vostre hymen a reçeu plus d'un present des Dieux,
Et par une faveur ouverte
Ils ne vous ostent rien en m'ostant à vos yeux,
Dont ils n'ayent le soin de reparer la perte.
Il vous reste dequoy consoler vos douleurs,
Et cette Loy du Ciel que vous nommez cruelle,
Dans les deux Princesses mes Sœurs,
Laisse à l'amitié parternelle
Où placer toutes ses douceurs.

LE ROY.

Ah, de mes maux soulagement frivole!
Rien, rien ne s'offre à moy qui de toy me console ;
C'est sur mes déplaisirs que j'ay les yeux ouverts,
Et dans un destin si funeste
Je regarde ce que je perds,
Et ne voy point ce qui me reste.

PSICHE'.

Vous sçavez mieux que moy qu'aux volontés des Dieux,

Seigneur, il faut regler les nostres,
Et je ne puis vous dire en ces tristes Adieux
Que ce que beaucoup mieux vous pouvez dire aux autres.
Ces Dieux sont maistres souverains
Des presens qu'ils daignent nous faire;
Ils ne les laissent dans nos mains
Qu'autant de temps qu'il peut leur plaire.
Lors qu'ils viennent les retirer,
On n'a nul droit de murmurer
Des graces que leur main ne veut plus nous étendre;
Seigneur, je suis un don qu'ils ont fait à vos vœux,
Et quand par cet Arrest ils veulent me reprendre,
Ils ne vous ostent rien que vous ne teniez d'eux,
Et c'est sans murmurer que vous devez me rendre.

LE ROY.

Ah, cherche un meilleur fondement
Aux consolations que ton cœur me presente,
Et de la fausseté de ce raisonnement
Ne fais point un accablement
A cette douleur si cuisante,
Dont je souffre icy le tourment.
Crois-tu là me donner une raison puissante,
Pour ne me plaindre point de cet Arrest des Cieux;
Et dans le procedé des Dieux
Dont tu veux que je me contente,
Une rigueur assassinante
Ne paroist-elle pas aux yeux?
Voy l'état où ces Dieux me forcent à te rendre,
Et l'autre où te reçeut mon cœur infortuné :
Tu connoistras par là qu'ils me viennent reprendre
Bien plus que ce qu'ils m'ont donné.
Je reçeus d'eux en toy, ma Fille,
Un present que mon cœur ne leur demandoit pas;
J'y trouvois alors peu d'appas,
Et leur en vis sans joye accroistre ma famille.

Mais mon cœur ainsi que mes yeux
S'est fait de ce present une douce habitude :
J'ay mis quinze ans de soins, de veilles, et d'étude,
A me le rendre précieux,
Ie l'ay paré de l'aimable richesse
De mille brillantes vertus,
En luy j'ay renfermé par des soins assidus
Tous les plus beaux trésors que fournit la Sagesse,
A luy j'ay de mon ame attaché la tendresse,
J'en ay fait de ce cœur le charme et l'allegresse,
La consolation de mes sens abbatus,
Le doux espoir de ma vieillesse.
Ils m'ostent tout cela, ces Dieux,
Et tu veux que je n'aye aucun sujet de plainte
Sur cet affreux Arrest dont je souffre l'atteinte?
Ah! leur pouvoir se jouë avec trop de rigueur
Des tendresses de nostre cœur :
Pour m'oster leur present, leur falloit-il attendre
Que j'en eusse fait tout mon bien?
Ou plûtost, s'ils avoient dessein de le reprendre,
N'eust-il pas esté mieux de ne me donner rien?

PSICHE'.

Seigneur, redoutez la colere
De ces Dieux contre qui vous osez éclater.

LE ROY.

Apres ce coup que peuvent-ils me faire?
Ils m'ont mis en état de ne rien redouter.

PSICHE'.

Ah, Seigneur, je tremble des crimes
Que je vous fais commettre, et je doy me haïr...

LE ROY.

Ah, qu'ils souffrent du moins mes plaintes legitimes,
Ce m'est assez d'effort que de leur obeïr,
Ce doit leur estre assez que mon cœur t'abandonne
Au barbare respect qu'il faut qu'on ait pour eux,

Sans pretendre gesner la douleur que me donne
L'épouvantable Arrest d'un Sort si rigoureux.
Mon juste desespoir ne sçauroit se contraindre,
Je veux, je veux garder ma douleur à jamais,
Je veux sentir toûjours la perte que je fais,
De la rigueur du Ciel je veux toûjours me plaindre,
Je veux jusqu'au trépas incessamment pleurer
Ce que tout l'Univers ne peut me reparer.

PSICHE'.

Ah, de grace, Seigneur, épargnez ma foiblesse,
J'ay besoin de constance en l'état où je suis :
Ne fortifiez point l'excés de mes ennuis
Des larmes de vostre tendresse.
Seuls ils sont assez forts, et c'est trop pour mon cœur,
De mon destin et de vostre douleur.

LE ROY.

Oüy, je doy t'épargner mon deüil inconsolable.
Voicy l'instant fatal de m'arracher de toy :
Mais comment prononcer ce mot épouvantable?
Il le faut toutefois, le Ciel m'en fait la loy,
Une rigueur inévitable
M'oblige à te laisser en ce funeste lieu.
Adieu, je vais... Adieu.

Ce qui suit jusqu'à la fin de la Piece, est de M. C., à la reserve de la premiere Scene du troisiéme Acte, qui est de la mesme main que ce qui a precedé.

SCENE II.

PSICHE', AGLAURE, CIDIPPE.

PSICHE'

SVivez le Roy, mes Sœurs, vous essuyrez ses larmes,
Vous adoucirez ses douleurs,
Et vous l'accableriez d'alarmes
Si vous vous exposiez encor à mes malheurs.
Conservez-luy ce qui lui reste,
Le Serpent que j'attens peut vous estre funeste,
Vous envelopper dans mon sort,
Et me porter en vous une seconde mort.
Le Ciel m'a seule condamnée
A son haleine empoisonnée,
Rien ne sçauroit me secourir,
Et je n'ay pas besoin d'exemple pour mourir.

AGLAURE.

Ne nous enviez pas ce cruel avantage
De confondre nos pleurs avec vos déplaisirs,
De mesler nos soûpirs à vos derniers soûpirs;
D'une tendre amitié souffrez ce dernier gage.

PSICHE'.

C'est vous perdre inutilement.

CIDIPPE.

C'est en vostre faveur esperer un miracle,
Ou vous accompagner jusques au monument.

PSICHE'.

Que peut-on se promettre apres un tel Oracle?

AGLAURE.

Un Oracle jamais n'est sans obscurité,
On l'entend d'autant moins que mieux on croit l'entendre,
Et peut-estre apres tout n'en devez-vous attendre
Que gloire, et que felicité.
Laissez-nous voir, ma Sœur, par une digne issuë,
Cette frayeur mortelle heureusement déçeuë,
Ou mourir du moins avec vous,
Si le Ciel à nos vœux ne se montre plus doux.

PSICHE'.

Ma Sœur, écoutez mieux la voix de la Nature,
Qui vous appelle aupres du Roy.
Vous m'aimez trop, le devoir en murmure,
Vous en sçavez l'indispensable loy,
Un Pere vous doit estre encor plus cher que moy.
Rendez-vous toutes deux l'appuy de sa vieillesse,
Vous luy devez chacune un Gendre, et des Neveux,
Mille Rois à l'envy vous gardent leur tendresse,
Mille Rois à l'envy vous offriront leurs vœux :
L'Oracle me veut seule, et seule aussi je veux
Mourir, si je puis, sans foiblesse,
Ou ne vous avoir pas pour témoins toutes deux
De ce que malgré moy la Nature m'en laisse.

AGLAURE.

Partager vos malheurs, c'est vous importuner.

CIDIPPE.

J'ose dire un peu plus, ma Sœur, c'est vous déplaire.

PSICHE'.

Non, mais enfin c'est me gesner,
Et peut-estre du Ciel redoubler la colere.

AGLAURE.

Vous le voulez, et nous partons.
Daigne ce mesme Ciel plus juste et moins severe,
Vous envoyer le sort que nous vous souhaitons,

Et que nostre amitié sincere
En dépit de l'Oracle et malgré vous espere.

PSICHE'.

Adieu, c'est un espoir, ma Sœur, et des souhaits,
Qu'aucun des Dieux ne remplira jamais.

SCENE III.

PSICHE' *seule.*

ENfin seule, et toute à moy-mesme,
Je puis envisager cet affreux changement,
Qui du haut d'une gloire extréme
Me précipite au monument.
Cette gloire estoit sans seconde,
L'éclat s'en répandoit jusqu'aux deux bouts du monde,
Tout ce qu'il a de Rois sembloient faits pour m'aimer :
Tous leurs Sujets me prenant pour Déesse
Commençoient à m'accoûtumer
Aux encens qu'ils m'offroient sans cesse ;
Leurs soûpirs me suivoient sans qu'il m'en coûtast rien,
Mon ame restoit libre en captivant tant d'ames,
Et j'estois parmy tant de flâmes
Reine de tous les cœurs, et maistresse du mien.
O Ciel ! m'auriez-vous fait un crime
De cette insensibilité ?
Déployez-vous sur moy tant de severité,
Pour n'avoir à leurs vœux rendu que de l'estime ?
Si vous m'imposiez cette loy,

Qu'il fallust faire un choix pour ne pas vous déplaire,
Puis que je ne pouvois le faire,
Que ne le faisiez-vous pour moy?
Que ne m'inspiriez-vous ce qu'inspire à tant d'autres
Le merite, l'amour, et... Mais que vois-je icy?

SCENE IV.

CLEOMENE, AGENOR, PSICHE'.

CLEOMENE.

DEux Amis, deux Rivaux, dont l'unique soucy
Est d'exposer leurs jours pour conserver les vôtres.

PSICHE'.

Puis-je vous écouter quand j'ay chassé deux Sœurs?
Princes, contre le Ciel pensez-vous me défendre?
Vous livrer au Serpent qu'icy je dois attendre,
Ce n'est qu'un desespoir qui sied mal aux grands cœurs,
Et mourir alors que je meurs,
C'est accabler une ame tendre
Qui n'a que trop de ses douleurs.

AGENOR.

Un Serpent n'est pas invincible;
Cadmus qui n'aimoit rien défit celuy de Mars,
Nous aimons, et l'Amour sçait rendre tout possible
Au cœur qui suit ses étendarts,
A la main dont luy-mesme il conduit tous les dards.

PSICHE'.

Voulez vous qu'il vous serve en faveur d'une ingrate
Que tous ses traits n'ont pû toucher ?
Qu'il dompte sa vangeance au moment qu'elle éclate,
Et vous aide à m'en arracher ?
Quand mesme vous m'auriez servie,
Quand vous m'auriez rendu la vie,
Quel fruit esperez-vous de qui ne peut aimer ?

CLEOMENE.

Ce n'est point par l'espoir d'un si charmant salaire
Que nous nous sentons animer,
Nous ne cherchons qu'à satisfaire
Aux devoirs d'un amour qui n'ose présumer
Que jamais, quoy qu'il puisse faire,
Il soit capable de vous plaire,
Et digne de vous enflâmer.
Vivez, belle Princesse, et vivez pour un autre :
Nous le verrons d'un œil jaloux,
Nous en mourrons, mais d'un trépas plus doux
Que s'il nous falloit voir le vostre.
Et si nous ne mourons en vous sauvant le jour,
Quelque amour qu'à nos yeux vous préferiez au nostre,
Nous voulons bien mourir de douleur et d'amour.

PSICHE'.

Vivez, Princes, vivez, et de ma Destinée
Ne songez plus à rompre, ou partager la loy :
Je croy vous l'avoir dit, le Ciel ne veut que moy,
Le Ciel m'a seule condamnée.
Je pense oüir déja les mortels sifflemens
De son Ministre qui s'approche,
Ma frayeur me le peint, me l'offre à tous momens,
Et maistresse qu'elle est de tous mes sentimens,
Elle me le figure au haut de cette Roche.
J'en tombe de foiblesse, et mon cœur abatu

Ne soûtient plus qu'à peine un reste de vertu.
Adieu, Princes, fuyez, qu'il ne vous empoisonne.

AGENOR.

Rien ne s'offre à nos yeux encor qui les étonne,
Et quand vous vous peignez un si proche trépas,
Si la force vous abandonne,
Nous avons des cœurs et des bras
Que l'espoir n'abandonne pas.
Peut-estre qu'un Rival a dicté cet Oracle,
Que l'or a fait parler celuy qui l'a rendu:
Ce ne seroit pas un miracle,
Que pour un Dieu muet un Homme eust répondu;
Et dans tous les Climats on n'a que trop d'exemples
Qu'il est ainsi qu'ailleurs des meschans dans les Temples.

CLEOMENE.

Laissez-nous opposer au lâche Ravisseur,
A qui le Sacrilége indignement vous livre,
Un Amour qu'a le Ciel choisi pour defenseur
De la seule Beauté pour qui nous voulons vivre.
Si nous n'osons pretendre à sa possession,
Du moins en son péril permettez-nous de suivre
L'ardeur et les devoirs de nostre passion.

PSICHE'.

Portez-les à d'autres moy-mesmes,
Princes, portez-les à mes Sœurs
Ces devoirs, ces ardeurs extrémes
Dont pour moy sont remplis vos cœurs.
Vivez pour elles quand je meurs,
Plaignez de mon Destin les funestes rigueurs,
Sans leur donner en vous de nouvelles matieres :
Ce sont mes volontez dernieres,
Et l'on a reçeu de tout temps
Pour souveraines loix les ordres des Mourans.

CLEOMENE.

Princesse...

PSICHE'.

Encor un coup, Princes, vivez pour elles,
Tant que vous m'aimerez vous devez m'obeïr;
Ne me reduisez pas à vouloir vous haïr,
Et vous regarder en rebelles,
A force de m'estre fidelles.
Allez, laissez-moy seule expirer en ce lieu,
Où je n'ay plus de voix que pour vous dire Adieu.
Mais je sens qu'on m'enleve, et l'air m'ouvre une route
D'où vous n'entendrez plus cette mourante voix.
Adieu, Princes, adieu pour la derniere fois,
Voyez si de mon sort vous pouvez estre en doute.

Elle est enlevée en l'air par deux Zéphires.

AGENOR.

Nous la perdons de veuë, allons tous deux chercher
Sur le faiste de ce Rocher,
Prince, les moyens de la suivre.

CLEOMENE.

Allons-y chercher ceux de ne luy point survivre.

SCENE V.

L'AMOVR *en l'air.*

ALlez mourir, Rivaux d'un Dieu jaloux,
Dont vous méritez le couroux,
Pour avoir eu le cœur sensible aux mesmes charmes.

Et toy, forge, Vulcain, mille brillans attraits
Pour orner un Palais,
Où l'Amour de Psiché veut essuyer les larmes,
Et luy rendre les armes.

SECOND INTERMEDE.

La Scene se change en une Cour magnifique, ornée de Colonnes de Lapys enrichies de Figures d'or, qui forment un Palais pompeux et brillant, que l'Amour destine pour Psiché. Six Cyclopes avec quatre Fées y font une Entrée de Ballet, où ils achevent en cadence quatre gros Vases d'argent que les Fées leur ont apportez. Cette Entrée est entrecoupée par ce Recit de Vulcain, qu'il fait à deux reprises.

Depeschez, preparez ces lieux
Pour le plus aimable des Dieux,
Que chacun pour luy s'intéresse,
N'oubliez rien des soins qu'il faut :
Quand l'Amour presse,
On n'a jamais fait assez tost.

L'Amour ne veut point qu'on différe,
Travaillez, hastez-vous,
Frappez, redoublez vos coups;
Que l'ardeur de luy plaire
Fasse vos soins les plus doux.

SECOND COUPLET.

SErvez bien un Dieu si charmant,
Il se plaist dans l'empressement.
Que chacun pour luy s'intéresse.
N'oubliez rien des soins qu'il faut :
Quand l'Amour presse,
On n'a jamais fait assez tost.

L'Amour ne veut point qu'on différe,
Travaillez, etc.

ACTE III.

SCENE PREMIERE.

L'AMOUR, ZEPHIRE.

ZEPHIRE.

OUy, je me suis galamment acquité
De la commission que vous m'avez donnée,
Et du haut du Rocher je l'ay, cette Beauté,
Par le milieu des airs doucement amenée
Dans ce beau Palais enchanté,
Où vous pouvez en liberté
Disposer de sa Destinée :
Mais vous me surprenez par ce grand changement
Qu'en vostre personne vous faites;
Cette taille, ces traits, et cet ajustement,
Cachent tout-à-fait qui vous estes,
Et je donne aux plus fins à pouvoir en ce jour
Vous reconnoistre pour l'Amour.

L'AMOUR.

Aussi ne veux-je pas qu'on puisse me connoistre,
Je ne veux à Psiché que découvrir mon cœur,
Rien que les beaux transports de cette vive ardeur
Que ses doux charmes y font naistre;

Et pour en exprimer l'amoureuse langueur,
Et cacher ce que je puis estre
Aux yeux qui m'imposent des loix,
J'ay pris la forme que tu vois.

ZEPHIRE.

En tout vous estes un grand Maistre,
C'est icy que je le connois.
Sous des déguisemens de diverse nature
On a veu les Dieux amoureux
Chercher à soulager cette douce blessure
Que reçoivent les cœurs de vos traits pleins de feux :
Mais en bon sens vous l'emportez sur eux,
Et voilà la bonne figure
Pour avoir un succés heureux,
Pres de l'aimable Sexe où l'on porte ses vœux.
Oüy, de ces formes-là l'assistance est bien forte,
Et sans parler ny de rang, ny d'esprit,
Qui peut trouver moyen d'estre fait de la sorte,
Ne soûpire guere à crédit.

L'AMOUR.

J'ay résolu, mon cher Zephire,
De demeurer ainsi toûjours,
Et l'on ne peut le trouver à redire
A l'aisné de tous les Amours.
Il est temps de sortir de cette longue enfance
Qui fatigue ma patience,
Il est temps desormais que je devienne grand.

ZEPHIRE.

Fort bien, vous ne pouvez mieux faire,
Et vous entrez dans un mistere
Qui ne demande rien d'enfant.

L'AMOUR.

Ce changement sans doute irritera ma Mere.

ZEPHIRE.

Je prévoy là-dessus quelque peu de colere.

Bien que les disputes des ans
Ne doivent point regner parmy des Immortelles,
Vostre Mere Vénus est de l'humeur des belles
Qui n'aiment point de grands enfans.
Mais où je la trouve outragée,
C'est dans le procedé que l'on vous voit tenir,
Et c'est l'avoir étrangement vangée,
Que d'aimer la Beauté qu'elle vouloit punir.
Cette haine où ses vœux pretendent que réponde
La puissance d'un Fils que redoutent les Dieux...

L'AMOUR.

Laissons cela, Zephire, et me dy si tes yeux
Ne trouvent pas Psiché la plus belle du monde ?
Est-il rien sur la Terre, est-il rien dans les Cieux,
Qui puisse luy ravir le titre glorieux
De beauté sans seconde ?
Mais je la voy, mon cher Zephire,
Qui demeure surprise à l'éclat de ces lieux.

ZEPHIRE.

Vous pouvez vous montrer pour finir son martyre,
Luy découvrir son destin glorieux,
Et vous dire entre vous tout ce que peuvent dire
Les soûpirs, la bouche et les yeux.
En Confident discret je sçay ce qu'il faut faire
Pour ne pas interrompre un amoureux mystére.

SCENE II.

PSICHE'.

OV suis-je? et dans un lieu que je croyois barbare,
Quelle sçavante main a basty ce Palais,
Que l'Art, que la Nature pare
De l'assemblage le plus rare
Que l'œil puisse admirer jamais?
Tout rit, tout brille, tout éclate,
Dans ces Jardins, dans ces Apartemens,
Dont les pompeux ameublemens
N'ont rien qui n'enchante et ne flate,
Et de quelque costé que tournent mes frayeurs,
Je ne voy sous mes pas que de l'or, ou des fleurs.

Le Ciel auroit-il fait cet amas de merveilles
Pour la demeure d'un Serpent?
Et lors que par leur veuë il amuse et suspend
De mon Destin jaloux les rigueurs sans pareilles,
Veut-il montrer qu'il s'en repent?
Non, non, c'est de sa haine en cruautez féconde
Le plus noir, le plus rude trait,
Qui par une rigueur nouvelle et sans seconde
N'étale ce choix qu'elle a fait

De ce qu'a de plus beau le Monde,
Qu'afin que je le quitte avec plus de regret.

Que mon espoir est ridicule,
S'il croit par là soulager mes douleurs !
Tout autant de momens que ma mort se recule,
Sont autant de nouveaux malheurs ;
Plus elle tarde, et plus de fois je meurs.

Ne me fay plus languir, vien prendre ta victime,
Monstre qui dois me déchirer ;
Veux-tu que je te cherche, et faut-il que j'anime
Tes fureurs à me dévorer ?
Si le Ciel veut ma mort, si ma vie est un crime,
De ce peu qui m'en reste ose enfin t'emparer,
Je suis lasse de murmurer
Contre un chastiment legitime,
Je suis lasse de soûpirer,
Vien, que j'acheve d'expirer.

SCENE III.

L'AMOUR, PSICHE', ZEPHIRE.

L'AMOUR.

LE voilà ce Serpent, ce Monstre impitoyable,
Qu'un Oracle étonnant pour vous a préparé,
Et qui n'est pas peut-estre à tel point effroyable
Que vous vous l'estes figuré.

PSICHE'.

Vous, Seigneur, vous seriez ce Monstre dont l'Oracle
A menacé mes tristes jours,
Vous qui semblez plûtost un Dieu qui par Miracle
Daigne venir luy-mesme à mon secours!

L'AMOUR.

Quel besoin de secours au milieu d'un Empire,
Où tout ce qui respire
N'attend que vos regards pour en prendre la loy,
Où vous n'avez à craindre autre Monstre que moy?

PSICHE'.

Qu'un Monstre tel que vous inspire peu de crainte!
Et que s'il a quelque poison,
Une ame auroit peu de raison
De hazarder la moindre plainte,
Contre une favorable atteinte
Dont tout le cœur craindroit la guerison!
A peine je vous voy, que mes frayeurs cessées
Laissent évanoüir l'image du trépas,
Et que je sens couler dans mes veines glacées
Un je ne sçay quel feu que je ne connoy pas.
J'ay senty de l'estime, et de la complaisance,
De l'amitié, de la reconnoissance,
De la compassion les chagrins innocens
M'en ont fait sentir la puissance,
Mais je n'ay point encor senty ce que je sens.
Je ne sçay ce que c'est, mais je sçay qu'il me charme,
Que je n'en conçoy point d'alarme;
Plus j'ay les yeux sur vous, plus je m'en sens charmer:
Tout ce que j'ay senty, n'agissoit point de mesme,
Et je dirois que je vous aime,
Seigneur, si je sçavois ce que c'est que d'aimer.
Ne les détournez point, ces yeux qui m'empoisonnent,
Ces yeux tendres, ces yeux perçans, mais amoureux,
Qui semblent partager le trouble qu'ils me donnent.

Helas ! plus ils sont dangereux,
Plus je me plais à m'attacher sur eux.
Par quel ordre du Ciel que je ne puis comprendre
Vous dy-je plus que je ne doy,
Moy de qui la pudeur devroit du moins attendre
Que vous m'expliquassiez le trouble où je vous voy?
Vous soûpirez, Seigneur, ainsi que je soûpire,
Vos sens comme les miens paroissent interdits,
C'est à moy de m'en taire, à vous de me le dire,
Et cependant c'est moy qui vous le dis.

L'AMOUR.

Vous avez eu, Pisché, l'ame toûjours si dure,
Qu'il ne faut pas vous étonner,
Si pour en reparer l'injure
L'Amour en ce moment se paye avec usure
De ceux qu'elle a deu luy donner.
Ce moment est venu qu'il faut que vostre bouche
Exhale des soûpirs si longtemps retenus,
Et qu'en vous arrachant à cette humeur farouche,
Un amas de transports aussi doux qu'inconnus
Aussi sensiblement tout à la fois vous touche,
Qu'ils ont dû vous toucher durant tant de beaux jours
Dont cette ame insensible a profané le cours.

PSICHE'.

N'aimer point, c'est donc un grand crime!

L'AMOUR.

En souffrez-vous un rude châtiment ?

PSICHE'.

C'est punir assez doucement.

L'AMOUR.

C'est luy choisir sa peine légitime,
Et se faire justice en ce glorieux jour
D'un manquement d'amour, par un excès d'amour.

PSICHE'.

Que n'ay-je esté plûtost punie ?

J'y mets le bonheur de ma vie,
Ie devrois en rougir, ou le dire plus bas,
Mais le supplice a trop d'appas :
Permettez que tout haut je le die et redie,
Je le dirois cent fois et n'en rougirois pas.
Ce n'est point moy qui parle, et de vostre presence
L'empire surprenant, l'aimable violence,
Dés que je veux parler, s'empare de ma voix.
C'est en vain qu'en secret ma pudeur s'en offense,
Que le Sexe et la bienseance
Osent me faire d'autres loix ;
Vos yeux de ma réponse eux-mesmes font le choix,
Et ma bouche asservie à leur toute-puissance
Ne me consulte plus sur ce que je me dois.

L'AMOUR.

Croyez, belle Psiché, croyez ce qu'ils vous disent,
Ces yeux, qui ne sont point jaloux ;
Qu'à l'envy les vostres m'instruisent
De tout ce qui se passe en vous.
Croyez-en ce cœur qui soûpire,
Et qui, tant que le vostre y voudra repartir,
Vous dira bien plus d'un soûpir
Que cent regards ne peuvent dire.
C'est le langage le plus doux,
C'est le plus fort, c'est le plus seur de tous.

PSICHE'.

L'intelligence en estoit deuë
A nos cœurs, pour les rendre également contens :
J'ai soûpiré, vous m'avez entenduë ;
Vous soûpirez, je vous entens.
Mais ne me laissez plus en doute,
Seigneur, et dites-moy si par la mesme route
Aprés moy le Zéphire icy vous a rendu
Pour me dire ce que j'écoute.

Quand j'y suis arrivée, étiez-vous attendu ?
Et quand vous luy parlez étes-vous entendu ?

L'AMOUR.

J'ay dans ce doux climat un souverain empire,
Comme vous l'avez sur mon cœur :
L'Amour m'est favorable, et c'est en sa faveur
Qu'à mes ordres Æole a soûmis le Zéphire.
C'est l'Amour qui pour voir mes feux récompensez,
Luy-mesme a dicté cet Oracle,
Par qui vos beaux jours menacez
D'une foule d'Amans se sont débarassez,
Et qui m'a delivré de l'eternel obstacle
De tant de soûpirs empressez,
Qui ne méritoient pas de vous estre adressez.
Ne me demandez point quelle est cette Province,
Ny le nom de son Prince,
Vous le saurez quand il en sera temps :
Je veux vous acquerir, mais c'est par mes services,
Par des soins assidus, et par des vœux constans,
Par les amoureux sacrifices
De tout ce que je suis,
De tout ce que je puis,
Sans que l'éclat du rang pour moy vous sollicite,
Sans que de mon pouvoir je me fasse un mérite,
Et bien que Souverain dans cet heureux séjour,
Je ne vous veux, Psiché, devoir qu'à mon amour.
Venez en admirer avec moy les merveilles,
Princesse, et préparez vos yeux et vos oreilles
A ce qu'il a d'enchantemens.
Vous y verrez des Bois et des Prairies
Contester sur leurs agrémens
Avec l'Or et les Pierreries,
Vous n'entendrez que des concerts charmans,
De cent Beautez vous y serez servie,
Qui vous adoreront sans vous porter envie,

Et brigueront à tous momens
D'une ame soûmise et ravie
L'honneur de vos commandemens.

PSICHE'.

Mes volontez suivent les vostres,
Je n'en sçaurois plus avoir d'autres;
Mais vostre Oracle enfin vient de me séparer
De deux Sœurs et du Roy mon Pére,
Que mon trépas imaginaire
Réduit tous trois à me pleurer.
Pour dissiper l'erreur dont leur ame accablée
De mortels déplaisirs se voit pour moy comblée,
Souffrez que mes Sœurs soient témoins
Et de ma gloire et de vos soins.
Prétez-leur comme à moy les aisles du Zéphire,
Qui leur puissent de vostre Empire
Ainsi qu'à moy faciliter l'accés;
Faites-leur voir en quels lieux je respire,
Faites-leur de ma perte admirer le succés.

L'AMOUR.

Vous ne me donnez pas, Psiché, toute vostre ame:
Ce tendre souvenir d'un Pére et de deux Sœurs
Me vole une part des douceurs
Que je veux toutes pour ma flame.
N'ayez d'yeux que pour moy, qui n'en ay que pour vous,
Ne songez qu'à m'aimer, ne songez qu'à me plaire,
Et quand de tels soucis osent vous en distraire...

PSICHE'.

Des tendresses du sang peut-on estre jaloux?

L'AMOUR.

Je le suis, ma Psiché, de toute la Nature.
Les rayons du Soleil vous baisent trop souvent,
Vos cheveux souffrent trop les caresses du Vent,
Dés qu'il les flate, j'en murmure:
L'air mesme que vous respirez

Avec trop de plaisir passe par vostre bouche,
Vostre habit de trop pres vous touche,
Et si-tost que vous soûpirez,
Je ne sçay quoy qui m'effarouche
Craint parmy vos soûpirs des soûpirs égarez.
Mais vous voulez vos Sœurs, allez, partez Zephire,
Psiché le veut, je ne l'en puis dédire.

Le Zephire s'envole.

Quand vous leur ferez voir ce bienheureux séjour,
De ses trésors faites leur cent largesses,
Prodiguez-leur caresses sur caresses,
Et du sang, s'il se peut, épuisez les tendresses,
Pour vous rendre toute à l'Amour.
Je n'y mesleray point d'importune présence,
Mais ne leur faites pas de si longs entretiens;
Vous ne sçauriez pour eux avoir de complaisance,
Que vous ne dérobiez aux miens.

PSICHE'.

Vostre amour me fait une grace,
Dont je n'abuseray jamais.

L'AMOUR.

Allons voir cependant ces Jardins, ce Palais,
Où vous ne verrez rien que vostre éclat n'efface.
Et vous, petits Amours, et vous jeunes Zéphirs,
Qui pour ames n'avez que de tendres soûpirs,
Montrez tous à l'envy ce qu'à voir ma Princesse
Vous avez senty d'allégresse.

TROISIESME INTERMEDE.

IL *se fait une Entrée de Ballet de quatre Amours et quatre Zéphirs, interrompuë deux fois par un Dialogue chanté par un Amour et un Zéphir.*

LE ZEPHIR.

AImable Jeunesse,
Suivez la tendresse,
Joignez aux beaux jours
La douceur des Amours.
C'est pour vous surprendre,
Qu'on vous fait entendre
Qu'il faut éviter leurs soûpirs,
Et craindre leurs desirs :
Laissez-vous apprendre
Quels sont leurs plaisirs.

Ils chantent ensemble.

CHacun est obligé d'aimer
A son tour,
Et plus on a dequoy charmer,
Plus on doit à l'Amour.

LE ZEPHIR *seul.*

Un cœur jeune et tendre
Est fait pour se rendre,
Il n'a point à prendre
De fâcheux détour.

Les deux ensemble.

Chacun est obligé d'aimer
A son tour,
Et plus on a dequoy charmer,
Plus on doit à l'Amour.

L'AMOUR *seul.*

Pourquoy se défendre?
Que sert-il d'attendre?
Quand on perd un jour,
On le perd sans retour.

Les deux ensemble.

Chacun est obligé d'aimer
A son tour.
Et plus on a dequoy charmer,
Plus on doit à l'Amour.

SECOND COVPLET.

LE ZEPHIR.

L'Amour a des charmes,
Rendons-luy les armes,
Ses soins et ses pleurs
Ne sont pas sans douceurs.
Un cœur pour le suivre.
A cent maux se livre.
Il faut pour gouster ses appas
Languir jusqu'au trépas,
Mais ce n'est pas vivre
Que de n'aimer pas.

Ils chantent ensemble.

S'il faut des soins et des travaux
En aimant,
On est payé de mille maux
Par un heureux moment.

LE ZEPHIR *seul.*

On craint, on espere,
Il faut du mistere,
Mais on n'obtient guere
De bien sans tourment.

Les deux ensemble.

S'il faut des soins et des travaux
En aimant.
On est payé de mille maux
Par un heureux moment.

L'AMOUR *seul.*

Que peut-on mieux faire,
Qu'aimer et que plaire ?
C'est un soin charmant
Que l'employ d'un Amant.

Les deux ensemble.

S'il faut des soins et des travaux,
En aimant,
On est payé de mille maux
Par un heureux moment.

Le Théatre devient un autre Palais magnifique, coupé dans le fonds par un Vestibule, au travers duquel on voit un Iardin superbe et charmant, decoré de plusieurs Vases d'Orangers, et d'Arbres chargez de toutes sortes de Fruits.

ACTE IV.

SCENE PREMIERE.

AGLAURE, CIDIPPE.

AGLAURE.

JE n'en puis plus, ma Sœur, j'ay veu trop de merveilles.
L'avenir aura peine à les bien concevoir,
Le Soleil qui voit tout, et qui nous fait tout voir,
N'en a veu jamais de pareilles.
Elles me chagrinent l'esprit,
Et ce brillant Palais, ce pompeux équipage,
Font un odieux étalage
Qui m'accable de honte autant que de dépit.
Que la Fortune indignement nous traitte,
Et que sa largesse indiscréte
Prodigue aveuglément, épuise, unit d'efforts,
Pour faire de tant de trésors
Le partage d'une Cadette !

CIDIPPE.

J'entre dans tous vos sentimens,
J'ay les mesmes chagrins, et dans ces lieux charmans
Tout ce qui vous déplaist me blesse;
Tout ce que vous prenez pour un mortel affront
Comme vous m'accable, et me laisse
L'amertume dans l'ame, et la rougeur au front.

AGLAURE.

Non, ma Sœur, il n'est point de Reynes,
Qui dans leur propre Etat parlent en Souveraines,
Comme Psiché parle en ces lieux.
On l'y voit obeïe avec exactitude,
Et de ses volontez une amoureuse étude
Les cherche jusques dans ses yeux.
Mille beautez s'empressent autour d'elle;
Et semblent dire à nos regards jaloux,
Quels que soient nos attraits, elle est encor plus belle,
Et nous qui la servons le sommes plus que vous.
Elle prononce, on execute,
Aucun ne s'en defend, aucun ne s'en rebute:
Flore qui s'attache à ses pas,
Répand à pleines mains autour de sa personne
Ce qu'elle a de plus doux appas,
Zephire vole aux ordres qu'elle donne,
Et son Amante et luy s'en laissant trop charmer,
Quittent pour la servir les soins de s'entr'aimer.

CIDIPPE.

Elle a des Dieux à son service,
Elle aura bientost des Autels;
Et nous ne commandons qu'à de chétifs Mortels,
De qui l'audace et le caprice
Contre nous à toute heure en secret revoltez,
Opposent à nos volontez
Ou le murmure, ou l'artifice.

6.

AGLAURE.

C'estoit peu que dans nostre Cour,
Tant de cœurs à l'envy nous l'eussent préferée,
Ce n'estoit pas assez que de nuit et de jour
D'une foule d'Amans elle y fust adorée :
Quand nous nous consolions de la voir au tombeau
Par l'ordre impréveu d'un Oracle,
Elle a voulu de son destin nouveau
Faire en nostre présence éclater le miracle,
Et choisy nos yeux pour témoins
De ce qu'au fond du cœur nous souhaitions le moins.

CIDIPPE.

Ce qui le plus me desespere,
C'est cet Amant parfait et si digne de plaire,
Qui se captive sous ses loix.
Quand nous pourrions choisir entre tous les Monarques,
En est-il un de tant de Rois
Qui porte de si nobles marques ?
Se voir du bien par delà ses souhaits,
N'est souvent qu'un bonheur qui fait des miserables :
Il n'est ny train pompeux, ny superbes Palais,
Qui n'ouvrent quelque porte à des maux incurables;
Mais avoir un Amant d'un mérite achevé,
Et s'en voir cherement aimée;
C'est un bonheur si haut, si relevé,
Que sa grandeur ne peut estre exprimée.

AGLAURE.

N'en parlons plus, ma Sœur, nous en mourrions d'ennuy,
Songeons plutost à la vangeance,
Et trouvons le moyen de rompre entre elle et luy
Cette adorable intelligence.
La voicy. J'ay des coups tout prests à luy porter,
Qu'elle aura peine d'éviter.

SCENE II.

PSICHE', AGLAURE, CIDIPPE.

PSICHE'.

JE viens vous dire Adieu, mon Amant vous renvoye,
Et ne sçauroit plus endurer
Que vous luy retranchiez un moment de la joye
Qu'il prend de se voir seul à me considerer.
Dans un simple regard, dans la moindre parole,
Son amour trouve des douceurs,
Qu'en faveur du sang je luy vole,
Quand je les partage à des Sœurs.

AGLAURE.

La jalousie est assez fine,
Et ces délicats sentimens
Méritent bien qu'on s'imagine
Que celuy qui pour vous a ces empressemens,
Passe le commun des Amans.
Je vous en parle ainsi faute de le connoistre.
Vous ignorez son nom, et ceux dont il tient l'estre,
Nos esprits en sont alarmez :
Je le tiens un grand Prince, et d'un pouvoir supréme
Bien au dela du Diadéme,
Ses trésors sous vos pas confusément semez
Ont dequoy faire honte à l'abondance mesme,
Vous l'aimez autant qu'il vous aime,

Il vous charme, et vous le charmez;
Vostre felicité, ma Sœur,seroit extréme,
Si vous sçaviez qui vous aimez.

PSICHE'.

Que m'importe ? j'en suis aimée,
Plus il me voit, plus je luy plais,
Il n'est point de plaisir dont l'ame soit charmée,
Qui ne préviennent mes souhaits,
Et je voy mal dequoy la vostre est alarmée,
Quand tout me sert dans ce Palais.

AGLAURE.

Qu'importe qu'icy tout vous serve,
Si toûjours cet Amant vous cache ce qu'il est ?
Nous ne nous alarmons que pour vostre interest.
En vain tout vous y rit, en vain tout vous y plaist,
Le veritable amour ne fait point de reserve,
Et qui s'obstine à se cacher,
Sent quelque chose en soy qu'on luy peut reprocher.
Si cet Amant devient volage,
Car souvent en amour le change est assez doux,
Et j'ose le dire entre nous,
Pour grand que soit l'éclat dont brille ce visage,
Il en peut estre ailleurs d'aussi belle que vous.
Si, dis-je, un autre objet sous d'autres loix l'engage,
Si dans l'etat où je vous voy,
Seule en ses mains et sans défense,
Il va jusqu'à la violence,
Sur qui vous vangera le Roy
Ou de ce changement, ou de cette insolence ?

PSICHE'.

Ma Sœur, vous me faites trembler.
Juste Ciel ! pourois-je estre assez infortunée ?...

CIDIPPE.

Que sçait-on si déjà les nœuds de l'Hymenée...

PSICHE'.

N'achevez pas, ce seroit m'accabler.

AGLAURE.

Je n'ay plus qu'un mot à vous dire.
Ce Prince qui vous aime, et qui commande aux Vents,
Qui nous donne pour char les aisles du Zephire,
Et de nouveaux plaisirs vous comble à tous momens,
Quand il rompt à vos yeux l'ordre de la Nature,
Peut-estre à tant d'amour mesle un peu d'imposture,
Peut-estre ce Palais n'est qu'un enchantement,
Et ces lambris dorez, ces amas de richesses
Dont il achete vos tendresses,
Dés qu'il sera lassé de souffrir vos caresses,
Disparoistront en un moment.
Vous sçavez comme nous ce que peuvent les charmes.

PSICHE'.

Que je sens à mon tour de cruelles alarmes!

AGLAURE.

Nostre amitié ne veut que vostre bien.

PSICHE'.

Adieu, mes Sœurs, finissons l'entretien,
J'aime, et je crains qu'on ne s'impatiente,
Partez, et demain si je puis
Vous me verrez, ou plus contente,
Ou dans l'accablement des plus mortels ennuis.

AGLAURE.

Nous allons dire au Roy quelle nouvelle gloire,
Quel excés de bonheur le Ciel répand sur vous.

CIDIPPE.

Nous allons luy conter d'un changement si doux
La surprenante et merveilleuse histoire.

PSICHE'.

Ne l'inquiétez point, ma Sœur, de vos soupçons,
Et quand vous luy peindrez un si charmant Empire...

AGLAURE.

Nous sçavons toutes deux ce qu'il faut taire, ou dire,
Et n'avons pas besoin sur ce point de leçons.

Le Zephire enleve les deux Sœurs de Psiché dans un nüage qui descend jusqu'à terre, et dans lequel il les emporte avec rapidité.

SCENE III.

L'AMOUR, PSICHE'.

L'AMOUR.

ENfin vous estes seule, et je puis vous redire,
Sans avoir pour témoins vos importunes Sœurs,
Ce que des yeux si beaux ont pris sur moy d'empire,
Et quel excés ont les douceurs
Qu'une sincere ardeur inspire
Si-tost qu'elle assemble deux cœurs.
Je puis vous expliquer de mon ame ravie
Les amoureux empressemens,
Et vous jurer qu'à vous seule asservie
Elle n'a pour objet de ses ravissemens,
Que de voir cette ardeur de mesme ardeur suivie,
Ne concevoir plus d'autre envie
Que de regler mes vœux sur vos desirs,
Et de ce qui vous plaist faire tous mes plaisirs.
Mais d'où vient qu'un triste nuage

Semble offusquer l'éclat de ces beaux yeux ?
Vous manque-t-il quelque chose en ces lieux ?
Des vœux qu'on vous y rend dédaignez-vous l'hommage ?

PSICHE'.

Non, Seigneur.

L'AMOUR.

Qu'est-ce donc, et d'où vient mon malheur ?
J'entens moins de soûpirs d'amour que de douleur,
Je voy de vostre teint les roses amorties
Marquer un déplaisir secret,
Vos Sœurs à peine sont parties,
Que vous soûpirez de regret !
Ah, Psiché, de deux cœurs quand l'ardeur est la mesme,
Ont-ils des soûpirs différens ?
Et quand on aime bien, et qu'on voit ce qu'on aime,
Peut-on songer à des Parens ?

PSICHE'.

Ce n'est point là ce qui m'afflige.

L'AMOUR.

Est-ce l'absence d'un Rival,
Et d'un Rival aimé qui fait qu'on me neglige ?

PSICHE'.

Dans un cœur tout à vous que vous penétrez mal !
Je vous aime, Seigneur, et mon amour s'irrite
De l'indigne soupçon que vous avez formé :
Vous ne connoissez pas quel est vostre mérite,
Si vous craignez de n'estre pas aimé.
Je vous aime, et depuis que j'ay veu la lumiere,
Je me suis montrée assez fiere,
Pour dédaigner les vœux de plus d'un Roy :
Et s'il faut ouvrir mon ame toute entiere,
Je n'ay trouvé que vous qui fust digne de moy.
Cependant j'ay quelque tristesse
Qu'en vain je voudrois vous cacher,
Un noir chagrin se mesle à toute ma tendresse,

Dont je ne la puis détacher.
Ne m'en demandez point la cause,
Peut-estre la sçachant, voudrez-vous m'en punir,
Et si j'ose aspirer encor à quelque chose,
Je suis seûre du moins de ne point l'obtenir.

L'AMOUR.

Et ne craignez-vous point qu'à mon tour je m'irrite,
Que vous connoissiez mal quel est vostre mérite,
Ou feigniez de ne pas sçavoir
Quel est sur moy vostre absolu pouvoir?
Ah si vous en doutez, soyez desabusée,
Parlez.

PSICHE'.

J'auray l'affront de me voir refusée.

L'AMOUR.

Prenez en ma faveur de meilleurs sentimens,
L'expérience en est aisée,
Parlez, tout se tient prest à vos commandemens.
Si pour m'en croire il vous faut des sermens,
J'en jure vos beaux yeux, ces maistres de mon ame,
Ces divins autheurs de ma flame,
Et si ce n'est assez d'en jurer vos beaux yeux,
J'en jure par le Styx, comme jurent les Dieux.

PSICHE'.

J'ose craindre un peu moins apres cette assurance.
Seigneur, je vois icy la pompe et l'abondance,
Je vous adore, et vous m'aimez,
Mon cœur en est ravy, mes sens en sont charmez;
Mais parmy ce bonheur supréme
J'ay le malheur de ne sçavoir qui j'aime.
Dissipez cet aveuglement,
Et faites-moy connoistre un si parfait Amant.

L'AMOUR.

Psiché, que venez-vous de dire?

PSICHE'.

Que c'est le bonheur où j'aspire,
Et si vous ne me l'accordez...

L'AMOUR.

Je l'ay juré, je n'en suis plus le maistre,
Mais vous ne sçavez pas ce que vous demandez.
Laissez-moy mon secret, si je me fais connoistre,
Je vous perds, et vous me perdez.
Le seul remede est de vous en dédire.

PSICHE'.

C'est là sur vous mon souverain empire?

L'AMOUR.

Vous pouvez tout, et je suis tout à vous;
Mais si nos feux vous semblent doux,
Ne mettez point d'obstacle à leur charmante suite,
Ne me forcez point à la fuite:
C'est le moindre malheur qui nous puisse arriver
D'un souhait qui vous a séduite.

PSICHE'.

Seigneur, vous voulez m'éprouver,
Mais je sçay ce que j'en doy croire.
De grace, aprenez-moy tout l'excés de ma gloire,
Et ne me cachez plus pour quel illustre choix
J'ay rejetté les vœux de tant de Rois.

L'AMOUR.

Le voulez-vous?

PSICHE'.

Souffrez que je vous en conjure.

L'AMOUR.

Si vous sçaviez, Psiché, la cruelle avanture
Que par là vous vous attirez...

PSICHE'.

Seigneur, vous me desesperez.

L'AMOUR.

Pensez-y bien, je puis encor me taire.

PSICHE'.

Faites-vous des sermens pour n'y point satisfaire ?

L'AMOUR.

Hé bien, je suis le Dieu le plus puissant des Dieux,
Absolu sur la Terre, absolu dans les Cieux,
Dans les eaux, dans les airs mon pouvoir est supréme,
En un mot je suis l'Amour mesme,
Qui de mes propres traits m'estois blessé pour vous,
Et sans la violence, helas! que vous me faites,
Et qui vient de changer mon amour en couroux,
Vous m'alliez avoir pour Epoux.
Vos volontez sont satisfaites,
Vous avez sçeu qui vous aimiez,
Vous connoissez l'Amant que vous charmiez,
Psiché, voyez où vous en estes.
Vous me forcez vous-mesme à vous quitter,
Vous me forcez vous-mesme à vous oster
Tout l'effet de vostre victoire :
Peut-estre vos beaux yeux ne me reverront plus,
Ce Palais, ces Jardins avec moy disparus
Vont faire évanoüir vostre naissante gloire;
Vous n'avez pas voulu m'en croire,
Et pour tout fruit de ce doute éclaircy,
Le Destin sous qui le Ciel tremble,
Plus fort que mon amour, que tous les Dieux ensemble,
Vous va montrer sa haine, et me chasse d'icy.

L'Amour disparoist, et dans l'instant qu'il s'envole, le superbe Iardin s'évanoüit. Psiché demeure seule au milieu d'une vaste Campagne et sur le bord sauvage d'un grand Fleuve où elle se veut précipiter. Le Dieu du Fleuve paroist assis sur un amas de Ioncs et de Roseaux, et appuyé sur une grande Vrne, d'où sort une grosse source d'eau.

SCENE IV.

PSICHE'.

CRuel Destin ! funeste inquiétude !
Fatale curiosité !
Qu'avez-vous fait, affreuse Solitude,
De toute ma felicité ?
J'aimois un Dieu, j'en estois adorée,
Mon bonheur redoubloit de moment en moment,
Et je me voy seule, éplorée,
Au milieu d'un Desert, où pour accablement,
Et confuse et desesperée,
Je sens croistre l'amour, quand j'ay perdu l'Amant.
Le souvenir m'en charme et m'empoisonne,
Sa douceur tirannise un cœur infortuné
Qu'aux plus cuisans chagrins ma flâme a condamné.
O Ciel ! quand l'Amour m'abandonne,
Pourquoy me laisse-t-il l'amour qu'il m'a donné ?
Source de tous les biens inépuisable et pure,
Maistre des Hommes et des Dieux,
Cher Auteur des maux que j'endure,
Estes-vous pour jamais disparu de mes yeux ?
Je vous en ay banny moy-mesme ;
Dans un excés d'amour, dans un bon heur extréme,
D'un indigne soupçon mon cœur s'est alarmé ;
Cœur ingrat, tu n'avois qu'un feu mal allumé,
Et l'on ne peut vouloir du moment que l'on aime,

Que ce que veut l'Objet aimé.
Mourons, c'est le party qui seul me reste à suivre,
Apres la perte que je fais.
Pour qui, grands Dieux, voudrois-je vivre,
Et pour qui former des souhaits ?
Fleuve, de qui les eaux baignent ces tristes sables,
Ensevely mon crime dans tes flots,
Et pour finir des maux si déplorables,
Laisse-moy dans ton lit assurer mon repos.

LE DIEU DU FLEUVE.

Ton trépas soüilleroit mes ondes,
Psiché, le Ciel te le défend,
Et peut-estre qu'apres des douleurs si profondes
Un autre sort t'attend.
Fuy plûtost de Vénus l'implacable colere :
Je la voy qui te cherche et qui te veut punir,
L'amour du Fils a fait la haine de la Mere,
Fuy, je sçauray la retenir.

PSICHE'.

J'attens ses Fureurs vangeresses.
Qu'auront-elles pour moy qui ne me soit trop doux ?
Qui cherche le trépas, ne craint Dieux, ny Déesses,
Et peut braver tout leur couroux.

SCENE V.

VENUS, PSICHE'.

VENUS.

ORgueilleuse Psiché, vous m'osez donc attendre,
Apres m'avoir sur Terre enlevé mes honneurs,
Apres que vos traits suborneurs
Ont reçeu les encens qu'aux miens seuls on doit rendre ?
J'ay veu mes Temples desertez,
J'ay veu tous les Mortels séduits par vos beautez
Idolâtrer en vous la beauté souveraine,
Vous offrir des respects jusqu'alors inconnus,
Et ne se mettre pas en peine
S'il estoit une autre Vénus :
Et je vous vois encor l'audace
De n'en pas redouter les justes chastimens,
Et de me regarder en face,
Comme si c'estoit peu que mes ressentimens.

PSICHE'.

Si de quelques Mortels on m'a veuë adorée,
Est-ce un crime pour moy d'avoir eu des appas,
Dont leur ame inconsiderée
Laissoit charmer des yeux qui ne vous voyoient pas ?
Je suis ce que le Ciel m'a faite,
Je n'ay que les beautez qu'il m'a voulu prester :
Si les vœux qu'on m'offroit vous ont mal satisfaite,

Pour forcer tous les cœurs à vous les reporter,
Vous n'aviez qu'à vous presenter,
Qu'à ne leur cacher plus cette beauté parfaite,
Qui pour les rendre à leur devoir,
Pour se faire adorer, n'a qu'à se faire voir.

VENUS.

Il falloit vous en mieux défendre,
Ces respects, ces encens se devoient refuser,
Et pour les mieux desabuser,
Il falloit à leurs yeux vous-mesme me les rendre.
Vous avez aimé cette erreur
Pour qui vous ne deviez avoir que de l'horreur;
Vous avez bien fait plus, vostre humeur arrogante
Sur le mépris de mille Rois
Jusques aux Cieux a porté de son choix
L'ambition extravagante.

PSICHE'.

J'aurois porté mon choix, Déesse, jusqu'aux Cieux ?

VENUS.

Vostre insolence est sans seconde;
Dédaigner tous les Rois du Monde,
N'est-ce pas aspirer aux Dieux ?

PSICHE'.

Si l'Amour pour eux tous m'avoit endurcy l'ame,
Et me reservoit toute à luy,
En puis-je estre coupable, et faut-il qu'aujourd'huy
Pour prix d'une si belle flâme,
Vous vouliez m'accabler d'un éternel ennuy ?

VENUS.

Psiché, vous deviez mieux connoistre
Qui vous estiez, et quel estoit ce Dieu.

PSICHE'.

Et m'en a-t-il donné ny le temps, ny le lieu,
Luy qui de tout mon cœur d'abord s'est rendu maistre ?

VENUS.

Tout vostre cœur s'en est laissé charmer,
Et vous l'avez aimé dés qu'il vous a dit, j'aime.

PSICHE'.

Pouvois-je n'aimer pas le Dieu qui fait aimer,
Et qui me parloit pour luy-mesme ?
C'est vostre Fils, vous sçavez son pouvoir,
Vous en connoissez le mérite.

VENUS.

Oüy, c'est mon Fils, mais un Fils qui m'irrite,
Un Fils qui me rend mal ce qu'il sçait me devoir,
Un Fils qui fait qu'on m'abandonne,
Et qui pour mieux flater ses indignes amours,
Depuis que vous l'aimez, ne blesse plus personne
Qui vienne à mes Autels implorer mon secours.
Vous m'en avez fait un rebelle,
On m'en verra vangée, et hautement, sur vous,
Et je vous apprendray s'il faut qu'une Mortelle
Souffre qu'un Dieu soûpire à ses genoux.
Suivez-moy, vous verrez par vostre expérience
A quelle folle confiance
Vous portoit cette ambition ;
Venez, et préparez autant de patience,
Qu'on vous voit de présomption.

QVATRIESME INTERMEDE.

LA Scene represente les Enfers. On y voit une Mer toute de feu, dont les flots sont dans une perpetuelle agitation. Cette Mer effroyable est bornée par les Ruines enflâmées ; et au milieu de ses flots agitez, au travers d'une Gueule affreuse, paroist le Palais Infernal de Pluton. Huit Furies en sortent, et forment une Entrée de Ballet où elles se rejoüissent de la rage qu'elles ont allumée dans l'ame de la plus douce des Divinitez. Vn Lutin mesle quantité de sauts périlleux à leurs Dances, cependant que Psiché qui a passé aux Enfers par le commandement de Vénus, repasse dans la Barque de Charon, avec la Boëte qu'elle a receuë de Proserpine pour cette Déesse.

ACTE V.

SCENE PREMIERE.

PSICHE'.

Effroyables replis des ondes infernales,
Noirs Palais où Megére et ses Sœurs font leur Cour,
Eternels ennemis du Jour,
Parmy vos Ixions et parmy vos Tantales,
Parmy tant de tourmens qui n'ont point d'intervales,
Est-il dans vostre affreux sejour
Quelques peines qui soient égales
Aux travaux où Venus condamne mon amour ?
Elle n'en peut estre assouvie,
Et depuis qu'à ses loix je me trouve asservie,
Depuis qu'elle me livre à ses ressentimens,
Il m'a falu dans ces cruels momens
Plus d'une ame, et plus d'une vie,
Pour remplir ses commandemens.
Je souffrirois tout avec joye,
Si parmy les rigueurs que sa haine déploye,
Mes yeux pouvoient revoir, ne fust-ce qu'un moment,
Ce cher, cet adorable Amant :

Je n'ose le nommer, ma bouche criminelle
D'avoir trop exigé de luy,
S'en est renduë indigne, et dans ce dur ennuy
La souffrance la plus mortelle
Dont m'accable à toute heure un renaissant trépas,
Est celle de ne le voir pas.
Si son couroux duroit encore,
Jamais aucun mal-heur n'aprocheroit du mien :
Mais s'il avoit pitié d'une ame qui l'adore,
Quoy qu'il fallust souffrir, je ne souffrirois rien.
Oüy, Destins, s'il calmoit cette juste colére,
Tous mes malheurs seroient finis :
Pour me rendre insensible aux fureurs de la Mere,
Il ne faut qu'un regard du Fils.
Je n'en veux plus douter, il partage ma peine,
Il voit ce que je souffre, et souffre comme moy,
Tout ce que j'endure le gesne,
Luy-mesme il s'en impose une amoureuse loy :
En dépit de Vénus, en dépit de mon crime,
C'est luy qui me soûtient, c'est luy qui me ranime,
Au milieu des périls où l'on me fait courir :
Il garde la tendresse où son feu le convie,
Et prend soin de me rendre une nouvelle vie,
Chaque fois qu'il me faut mourir.
Mais que me veulent ces deux Ombres
Qu'à travers le faux jour de ces Demeures sombres
J'entrevoy s'avancer vers moy ?

SCENE II.

PSICHE', CLEOMENE, AGENOR.

PSICHE'.

CLeomene, Agenor, est-ce vous que je voy?
Qui vous a ravy la lumière?

CLEOMENE.

La plus juste douleur, qui d'un beau desespoir
Nous eust pû fournir la matiere,
Cette pompe funebre, où du sort le plus noir
Vous attendiez la rigueur la plus fiere,
L'injustice la plus entiere.

AGENOR.

Sur ce mesme Rocher, où le Ciel en couroux
Vous promettoit au lieu d'Epoux
Un Serpent dont soudain vous seriez devorée,
Nous tenions la main preparée
A repousser sa rage, ou mourir avec vous.
Vous le sçavez, Princesse, et lors qu'à nostre veuë
Par le milieu des airs vous estes disparuë,
Du haut de ce Rocher, pour suivre vos beautez,
Ou plûtost pour gouster cette amoureuse joye
D'offrir pour vous au Monstre une premiere proye,
D'amour et de douleur l'un et l'autre emportez,
Nous nous sommes précipitez.

CLEOMENE.

Heureusement déçeus au sens de vostre Oracle,
Nous en avons icy reconnu le miracle,
Et sçeu que le Serpent prest à vous devorer
Estoit le Dieu qui fait qu'on aime,
Et qui tout Dieu qu'il est, vous adorant luy-mesme,
Ne pouvoit endurer
Qu'un Mortel comme nous osast vous adorer.

AGENOR.

Pour prix de vous avoir suivie,
Nous joüissons icy d'un trépas assez doux :
Qu'avions-nous affaire de vie,
Si nous ne pouvions estre à vous ?
Nous revoyons icy vos charmes
Qu'aucun des deux là-haut n'auroit reveus jamais.
Heureux si nous voyons la moindre de vos larmes
Honorer des malheurs que vous nous avez faits.

PSICHE'.

Puis-je avoir des larmes de reste
Apres qu'on a porté les miens au dernier point ?
Unissons nos soûpirs dans un sort si funeste,
Les soûpirs ne s'épuisent point.
Mais vous soûpireriez, Princes, pour une ingrate,
Vous n'avez point voulu survivre à mes malheurs,
Et quelque douleur qui m'abate,
Ce n'est point pour vous que je meurs.

CLEOMENE.

L'avons-nous merité, nous dont toute la flâme
N'a fait que vous lasser du recit de nos maux ?

PSICHE'.

Vous pouviez meriter, Princes, toute mon ame,
Si vous n'eussiez esté Rivaux.
Ces qualitez incomparables
Qui de l'un et de l'autre accompagnoient les vœux,

Vous rendoient tous deux trop aimables,
Pour mépriser aucun des deux.

AGENOR.

Vous avez pû sans estre injuste, ny cruelle,
Nous refuser un cœur reservé pour un Dieu.
Mais revoyez Vénus : Le Destin nous rapelle,
Et nous force à vous dire Adieu.

PSICHE'.

Ne vous donne-t-il point le loisir de me dire
Quel est icy vostre séjour ?

CLEOMENE.

Dans des Bois toûjours verds, où d'amour on respire,
Aussitost qu'on est mort d'amour,
D'amour on y revit, d'amour on y soûpire,
Sous les plus douces loix de son heureux Empire,
Et l'éternelle nuit n'ose en chasser le jour,
Que luy-mesme il attire
Sur nos fantômes qu'il inspire,
Et dont aux Enfers mesme il se fait une Cour.

AGENOR.

Vos envieuses Sœurs apres nous descenduës
Pour vous perdre se sont perduës,
Et l'une et l'autre tour à tour,
Pour le prix d'un conseil qui leur couste la vie,
A costé d'Ixion, à costé de Titye,
Souffre tantost la rouë, et tantost le Vautour.
L'Amour par les Zephirs s'est fait prompte justice
De leur envenimée et jalouse malice :
Ces Ministres aislez de son juste couroux,
Sous couleur de les rendre encor aupres de vous,
Ont plongé l'une et l'autre au fond d'un précipice,
Où le spectacle affreux de leurs corps déchirez
N'étale que le moindre, et le premier suplice
De ces conseils dont l'artifice
Fait les maux dont vous soûpirez.

PSICHE'.

Que je les plains !

CLEOMENE.

Vous estes seule à plaindre.
Mais nous demeurons trop à vous entretenir,
Adieu, puissions-nous vivre en vostre souvenir,
Puissiez-vous, et bientost, n'avoir plus rien à craindre,
Puisse, et bientost, l'Amour vous enlever aux Cieux,
Vous y mettre à costé des Dieux,
Et rallumant un feu qui ne se puisse éteindre,
Affranchir à jamais l'éclat de vos beaux yeux
D'augmenter le jour en ces lieux.

SCENE III.

PSICHE'.

PAuvres Amans ! leur amour dure encore,
Tout morts qu'ils sont l'un et l'autre m'adore,
Moy dont la dureté reçeut si mal leurs vœux :
Tu n'en fais pas ainsi, toy qui seul m'as ravie,
Amant, que j'aime encor cent fois plus que ma vie,
Et qui brises de si beaux nœuds.
Ne me fuy plus, et souffre que j'espere
Que tu pourras un jour rabaisser l'œil sur moy,
Qu'à force de souffrir j'auray dequoy te plaire,
Dequoy me rengager ta foy.
Mais ce que j'ay souffert m'a trop défigurée,

Pour rapeller un tel espoir ;
L'œil abatu, triste, desesperée,
Languissante et décolorée,
Dequoy puis-je me prévaloir,
Si par quelque miracle impossible à prévoir
Ma beauté qui t'a plû ne se voit reparée ?
Je porte icy dequoy la reparer,
Ce trésor de beauté divine
Qu'en mes mains pour Vénus a remis Proserpine,
Enferme des appas dont je puis m'emparer,
Et l'éclat en doit estre extréme,
Puisque Vénus la beauté mesme
Les demande pour se parer.
En dérober un peu seroit-ce un si grand crime ?
Pour plaire aux yeux d'un Dieu qui s'est fait mon Amant,
Pour regagner son cœur, et finir mon tourment,
Tout n'est-il pas trop legitime ?
Ouvrons. Quelles vapeurs m'offusquent le cerveau,
Et que vois-je sortir de cette Boëte ouverte ?
Amour, si ta pitié ne s'oppose à ma perte,
Pour ne revivre plus, je descens au tombeau.

Elle s'évanoüit, et l'Amour descend auprés d'elle en volant.

SCENE IV.

L'AMOUR, PSICHE' *évanoüye.*

L'AMOUR.

VOstre péril, Psiché, dissipe ma colere,
Ou plûtost de mes feux l'ardeur n'a point cessé,
Et bien qu'au dernier point vous m'ayez sçeu déplaire,
Je ne me suis interessé
Que contre celle de ma Mere.
J'ay veu tous vos travaux, j'ay suivy vos malheurs,
Mes soûpirs ont par tout accompagné vos pleurs;
Tournez les yeux vers moy, je suis encor le mesme.
Quoy! je dis et redis tout haut que je vous aime,
Et vous ne dites point, Psiché, que vous m'aimez!
Est-ce que pour jamais vos beaux yeux sont fermez?
Qu'à jamais la clarté leur vient d'estre ravie?
O mort, devois-tu prendre un dard si criminel,
Et sans aucun respect pour mon Estre éternel
Attenter à ma propre vie?
Combien de fois, ingrate Deité,
Ay-je grossy ton noir Empire,
Par les mépris et par la cruauté
D'une orgueilleuse ou farouche beauté?
Combien mesme, s'il le faut dire,
T'ay-je immolé de fidelles Amans
A force de ravissemens?

Va je ne blesseray plus d'ames,
Je ne perceray plus de cœurs,
Qu'avec des dars trempez aux divines liqueurs
Qui nourissent du Ciel les immortelles flâmes,
Et n'en lanceray plus que pour faire à tes yeux
Autant d'Amans, autant de Dieux.
Et vous, impitoyable Mere,
Qui la forcez à m'arracher
Tout ce que j'avois de plus cher,
Craignez à vostre tour l'effet de ma colere.
Vous me voulez faire la loy,
Vous qu'on voit si souvent la recevoir de moy!
Vous qui portez un cœur sensible comme un autre,
Vous enviez au mien les délices du vostre!
Mais dans ce mesme cœur j'enfonceray des coups,
Qui ne seront suivis que de chagrins jaloux;
Je vous accableray de honteuses surprises,
Et choisiray par tout à vos vœux les plus doux
Des Adonis et des Anchises,
Qui n'auront que haine pour vous.

SCENE V.

VENUS, L'AMOVR,
PSICHE' *évanoüye.*

VENUS.

LA menace est respéctueuse,
Et d'un Enfant qui fait le révolté
La colere présomptueuse...

L'AMOUR.

Je ne suis plus enfant, et je l'ay trop été,
Et ma colere est juste autant qu'impétueuse.

VENUS.

L'impétuosité s'en devroit retenir,
Et vous pourriez vous souvenir
Que vous me devez la naissance.

L'AMOUR.

Et vous pourriez n'oublier pas
Que vous avez un cœur et des appas
Qui relevent de ma puissance :
Que mon arc de la vostre est l'unique soûtien,
Que sans mes traits elle n'est rien,
Et que si les cœurs les plus braves
En triomphe par vous se sont laissez traisner,
Vous n'avez jamais fait d'Esclaves
Que ceux qu'il m'a plû d'enchaisner.

Ne me vantez donc plus ces droits de la naissance
Qui tirannisent mes desirs;
Et si vous ne voulez perdre mille soûpirs,
Songez en me voyant à la reconnoissance,
Vous qui tenez de ma puissance
Et vostre gloire, et vos plaisirs.

VENUS.

Comment l'avez-vous défenduë,
Cette gloire dont vous parlez?
Comment me l'avez-vous renduë?
Et quand vous avez veu mes Autels desolez,
Mes Temples violez,
Mes honneurs ravalez,
Si vous avez pris part à tant d'ignominie,
Comment en a-t-on veu punie
Psiché qui me les a volez?
Je vous ay commandé de la rendre charmée
Du plus vil de tous les Mortels,
Qui ne daignast répondre à son ame enflâmée
Que par des rebuts éternels,
Par les mépris les plus cruels,
Et vous-mesme l'avez aimée!
Vous avez contre moy séduit des Immortels,
C'est pour vous qu'à mes yeux les Zephirs l'ont cachée.
Qu'Apollon mesme suborné
Par un Oracle adroitement tourné
Me l'avoit si bien arrachée,
Que si sa curiosité
Par une aveugle défiance
Ne l'eust renduë à ma vangeance,
Elle échappoit à mon cœur irrité.
Voyez l'état où vostre amour l'a mise,
Vostre Psiché, son ame va partir,
Voyez, et si la vostre en est encore éprise,
Recevez son dernier soûpir.

Menacez, bravez-moy, cependant qu'elle expire :
Tant d'insolence vous sied bien,
Et je dois endurer, quoy qu'il vous plaise dire,
Moy qui sans vos traits ne puis rien.

L'AMOUR.

Vous ne pouvez que trop, Déesse impitoyable,
Le Destin l'abandonne à tout vostre courroux :
Mais soyez moins inéxorable
Aux prieres, aux pleurs d'un Fils à vos genoux.
Ce doit vous estre un spectacle assez doux
De voir d'un œil Psiché mourante,
Et de l'autre ce Fils d'une voix supliante
Ne vouloir plus tenir son bon-heur que de vous.
Rendez-moi ma Psiché, rendez-luy tous ses charmes,
Rendez-la, Déesse, à mes larmes,
Rendez à mon amour, rendez à ma douleur
Le charme de mes yeux, et le choix de mon cœur.

VENUS.

Quelque amour que Psiché vous donne,
De ses malheurs par moy n'attendez pas la fin :
Si le Destin me l'abandonne,
Je l'abandonne à son Destin.
Ne m'importunez plus, et dans cette infortune
Laissez-la sans Vénus triompher ou périr.

L'AMOUR.

Helas ! si je vous importune,
Je ne le ferois pas, si je pouvois mourir.

VENUS.

Cette douleur n'est pas commune,
Qui force un Immortel à souhaiter la mort.

L'AMOUR.

Voyez par son excéz si mon amour est fort.
Ne lui ferez-vous grace aucune ?

VENUS.

Je vous l'avouë, il me touche le cœur,
Vostre amour, il désarme, il fléchit ma rigueur :
Vostre Psiché reverra la lumiere.

L'AMOUR.

Que je vous vay par tout faire donner d'encens !

VENUS.

Oüy, vous la reverrez dans sa beauté premiere :
Mais de vos vœux reconnoissans
Je veux la déférence entiere.
Je veux qu'un vray respect laisse à mon amitié
Vous choisir une autre Moitié.

L'AMOUR.

Et moy, je ne veux plus de grace,
Je reprens toute mon audace,
Je veux Psiché, je veux sa foy,
Je veux qu'elle revive et revive pour moy,
Et tiens indifférent que vostre haine lasse,
En faveur d'une autre se passe.
Jupiter qui paroist va juger entre nous
De mes emportemens, et de vostre couroux.

Apres quelques éclairs et roulemens de Tonnerre, Iupiter paroist en l'air sur son Aigle.

SCENE DERNIERE.

JUPITER, VENUS, L'AMOUR, PSICHÉ.

L'AMOUR.

VOus à qui seul tout est possible,
Pere des Dieux, Souverain des Mortels,
Flechissez la rigueur d'une Mere inflexible
Qui sans moy n'auroit point d'Autels.
J'ay pleuré, j'ay prié, je soûpire, menace,
Et perds menaces et soûpirs;
Elle ne veut pas voir que de mes déplaisirs
Dépend du Monde entier l'heureuse, ou triste face,
Et que si Psiché perd le jour,
Si Psiché n'est à moy, je ne suis plus l'Amour.
Oüy, je rompray mon Arc, je briseray mes fléches,
J'éteindray jusqu'à mon flambeau,
Je laisseray languir la Nature au tombeau;
Ou si je daigne aux cœurs faire encore quelques brèches,
Avec ces pointes d'or qui me font obeïr
Je vous blesseray tous là-haut pour des Mortelles,
Et ne décocheray sur elles
Que des traits émoussez qui forcent à haïr,
Et qui ne font que des rebelles,
Des ingrates, et des cruelles.
Par quelle tirannique loy
Tiendray-je à vous servir mes armes toûjours prestes,

Et vous feray-je à tous conquestes sur conquestes,
Si vous me défendez d'en faire une pour moy?

JUPITER.

Ma Fille, sois-luy moins severe.
Tu tiens de sa Psiché le Destin en tes mains,
La Parque au moindre mot va suivre ta colere.
Parle, et laisse-toy vaincre aux tendresses de Mere,
Ou redoute un couroux que moy-mesme je crains.
Veux-tu donner le monde en proye
A la haine, au desordre, à la confusion,
Et d'un Dieu d'union,
D'un Dieu de douceurs et de joye,
Faire un Dieu d'amertume et de division?
Considere ce que nous sommes,
Et si les passions doivent nous dominer,
Plus la vengeance a dequoy plaire aux Hommes,
Plus il sied bien aux Dieux de pardonner.

VENUS.

Je pardonne à ce Fils rebelle;
Mais voulez-vous qu'il me soit reproché
Qu'une miserable Mortelle,
L'objet de mon couroux, l'orgueilleuse Psiché,
Sous ombre qu'elle est un peu belle,
Par un Hymen dont je rougis,
Soüille mon alliance, et le lit de mon Fils?

JUPITER.

Hé bien, je la fais immortelle,
Afin d'y rendre tout égal.

VENUS.

Je n'ay plus de mépris, ny de haine pour elle,
Et l'admets à l'honneur de ce nœud conjugal.
Psiché, reprenez la lumiere,
Pour ne la reperdre jamais,
Jupiter a fait vostre paix,

Et je quitte cette humeur fiere
Qui s'opposoit à vos souhaits.

PSICHE'.

C'est donc vous, ô grande Déesse,
Qui redonnez la vie à ce cœur innocent!

VENUS.

Jupiter vous fait grace, et ma colere cesse.
Vivez, Vénus l'ordonne; aimez, elle y consent.

PSICHE' *à l'Amour.*

Je vous revois enfin, cher objet de ma flâme!

L'AMOUR *à Psiché.*

Je vous possede enfin, delices de mon ame!

JUPITER.

Venez Amans, venez aux Cieux
Achever un si grand et si digne Hymenée;
Viens-y, belle Psiché, changer de Destinée,
Viens prendre place au rang des Dieux.

DEux grandes Machines descendent aux deux costez de Iupiter, cependant qu'il dit ces derniers Vers. Vénus avec sa Suite monte dans l'une, l'Amour avec Psiché dans l'autre, et tous ensemble remontent au Ciel.

Les Divinitez qui avoient esté partagées entre Vénus et son Fils, se réünissent en les voyant d'accord; et toutes ensemble par des Concerts, des Chants, et des Dances, celebrent la Feste des Nopces de l'Amour.

Apollon paroist le premier, et comme Dieu de l'Harmonie commence à chanter, pour inviter les autres Dieux à se réjouïr.

RECIT D'APOLLON.

VNissons-nous, Troupe immortelle;
Le Dieu d'Amour devient heureux Amant,
Et Vénus a repris sa douceur naturelle
En faveur d'un Fils si charmant :
Il va gouster en paix, apres un long tourment,
Une felicité qui doit estre éternelle.

Toutes les Divinitez chantent ensemble ce Couplet à la gloire de l'Amour.

CElebrons ce grand Jour;
Celebrons tous une Feste si belle :
Que nos Chants en tous lieux en portent la nouvelle,
Qu'ils fassent retentir le celeste sejour :
Chantons, repetons tour à tour,
Qu'il n'est point d'Ame si cruelle
Qui tost ou tard ne se rende à l'Amour.

APOLLON *continuë.*

LE Dieu qui nous engage
A luy faire la Cour,
Defend qu'on soit trop sage.
Les plaisirs ont leur tour,
C'est leur plus doux usage,
Que de finir les soins du Jour.
La Nuit est le partage
Des Jeux et de l'Amour.

⁂

Ce seroit grand dommage
Qu'en ce charmant Sejour

On eust un cœur sauvage.
Les Plaisirs ont leur tour,
C'est leur plus doux usage,
Que de finir les soins du Jour.
La nuit est le partage
Des Jeux et de l'Amour.

Deux Muses qui ont toûjours évité de s'engager sous les Loix de l'Amour, conseillent aux Belles, qui n'ont point encore aimé, de s'en deffendre avec soin à leur exemple.

CHANSON DES MUSES.

GArdez-vous, Beautez severes,
Les Amours font trop d'affaires,
Craignez toûjours de vous laisser charmer :
Quand il faut que l'on soûpire,
Tout le mal n'est pas de s'enflâmer;
Le martire
De le dire,
Couste plus cent fois que d'aimer.

SECOND COUPLET DES MUSES.

On ne peut aimer sans peines,
Il est peu de douces chaînes,
A tout moment on se sent alarmer :
Quand il faut que l'on soûpire,
Tout le mal n'est pas de s'enflâmer;
Le martire
De le dire,
Couste plus cent fois que d'aimer.

Bacchus fait entendre qu'il n'est pas si dangereux que l'Amour.

RECIT DE BACCHUS.

SI quelquefois,
Suivant nos douces Loix,
La raison se perd et s'oublie,
Ce que le Vin nous cause de folie
Commence et finit en un jour;
Mais quand un cœur est enyvré d'Amour,
Souvent c'est pour toute la vie.

Mome declare qu'il n'a point de plus doux employ que de médire, et que ce n'est qu'à l'Amour seul qu'il n'ose se joüer.

RECIT DE MOME.

IE cherche à médire
Sur la terre et dans les Cieux;
Je soûmets à ma satire
Les plus grands des Dieux.
Il n'est dans l'Univers que l'Amour qui m'étonne,
Il est le seul que j'épargne aujourd'huy;
Il n'apartient qu'à luy
De n'épargner personne.

ENTRE'E DE BALLET.

Composée de deux Mænades et de deux Ægypans qui suivent Bacchus.

ENTRE'E DE BALLET.

Composée de quatre Polichinelles et de deux Matassins qui suivent Mome, et viennent joindre leur plaisanterie et leur badinage aux divertissemens de cette grande Feste.

Bacchus et Mome qui les conduisent, chantent

au milieu d'eux chacun une chanson, Bacchus à la loüange du Vin, et Mome une Chanson enjoüée, sur le sujet et les avantages de la raillerie.

RECIT DE BACCHUS.

ADmirons le jus de la Treille :
Qu'il est puissant ! qu'il a d'attraits !
Il sert aux douceurs de la Paix,
Et dans la Guerre il fait merveille :
Mais sur tout pour les Amours,
Le Vin est d'un grand secours.

RECIT DE MOME.

FOlastrons, divertissons-nous,
Raillons, nous ne sçaurions mieux faire,
La raillerie est nécessaire
Dans les Jeux les plus doux.
Sans la doulceur que l'on gouste à médire,
On trouve peu de plaisirs sans ennuy;
Rien n'est si plaisant que de rire,
Quand on rit aux despens d'autruy.

⌘

Plaisantons, ne pardonnons rien,
Rions, rien n'est plus à la mode,
On court péril d'estre incommode,
En disant trop de bien.
Sans la douceur que l'on gouste à médire,
On trouve peu de plaisirs sans ennuy;
Rien n'est si plaisant que de rire,
Quand on rit aux despens d'autruy.

Mars arrive au milieu du Théatre, suivy de sa Troupe guerriere, qu'il excite à profiter de leur loisir, en prenant part aux Divertissemens.

RECIT DE MARS.

LAissons en paix toute la Terre,
Cherchons de doux amusemens;
Parmy les Jeux les plus charmans,
Meslons l'image de la Guerre.

ENTRE'E DE BALLET.

Suivans de Mars, qui font, en dançant avec des Enseignes, une maniere d'Exercice.

DERNIERE ENTRE'E DE BALLET.

Les Troupes diferentes de la Suite d'Apollon, de Bacchus, de Mome, et de Mars, apres avoir achevé leurs Entrées particulieres, s'unissent ensemble, et forment la derniere Entrée, qui renferme toutes les autres.

Vn Chœur de toutes les Voix et de tous les Instrumens, qui sont au nombre de quarante, se joint à la Dance generale, et termine la Feste des Nopces de l'Amour et de Psiché.

DERNIER CHŒUR.

CHantons les plaisirs charmans
Des heureux Amans,
Que tout le Ciel s'empresse
A leur faire sa Cour.
Celebrons ce beau jour
Par mille doux chants d'allegresse,
Celebrons ce beau Jour
Par mille doux chants pleins d'amour.

Dans le grand Sallon du Palais des Tuilleries, où Psiché a esté représentée devant leurs Majestez, il y avoit des Tymbales, des Trompettes et des Tambours, meslez dans ces derniers Concerts; et ce dernier Couplet se chantoit ainsi :

CHantons les plaisirs charmans
Des heureux Amans.
Répondez-nous Trompettes,
Tymbales et Tambours :
Accordez-vous toûjours
Avec le doux son des Musettes,
Accordez-vous toûjours
Avec le doux chant des Amours.

FIN.

Extrait du Privilege du Roy.

PAr Grace et Privilege du Roy, Donné à Paris le 31. jour de Decembre, l'an de grace 1670. Signé Par le Roy en son Conseil, GUITONNEAU. Il est permis a Iean-Baptiste Pocquelin de Moliere, l'un des Comediens de Sa Majesté, de faire imprimer vendre et debiter une Piece de Theatre, intitulée, LES AMOURS DE PSICHE', par tel Imprimeur ou Libraire qu'il voudra choisir, pendant le temps de dix années entieres et accomplies, à compter du jour que ladite Piece sera achevée d'imprimer pour la premiere fois : Et defenses sont faites à toutes Personnes, de quelque qualité et condition qu'elles soient, d'imprimer, faire imprimer, vendre, ny debiter ladite Piece, sans le consentement de l'Exposant, ou de ceux qui auront droict de luy, à peine de six mille livres d'amende, confiscation des Exemplaires contrefaits, et de tous despens, dommages et interests, ainsi que plus au long il est porté audit Privilege.

Registré sur le Livre de la Communauté des Imprimeurs et Marchands Libraires de Paris, suivant l'Arrest de la Cour de Parlement du 8. Avril 1653. aux charges et conditions portées és presentes Lettres. Fait ce 13. Mars mil six cens soixante et onze.

Achevé d'imprimer pour la premiere fois,
le 6. Octobre 1671.

A PARIS

DES PRESSES DE D. JOUAUST

Imprimeur breveté

Rue Saint-Honoré, 338

Librairie des Bibliophiles, rue St-Honoré, 338

ÉDITIONS ORIGINALES

DE MOLIÈRE

Reproduction fac-similé

PUBLIÉE PAR LOUIS LACOUR ET D. JOUAUST

AVEC LE CONCOURS DE P. CHÉRON

Les éditions originales de Molière atteignent aujourd'hui dans les ventes des prix qui les rendent inabordables à la plupart des bibliophiles. A peine en rencontre-t-on quelques-unes dans les bibliothèques publiques. Aussi leur rareté n'est-elle pas seulement un obstacle pour les curieux et les collectionneurs, elle est aussi très-préjudiciable aux travailleurs qui ont besoin de ces éditions pour leurs études littéraires, et qui souvent perdent leur temps en démarches inutiles pour se les procurer. Nous pensons donc rendre un service aux uns et aux autres en continuant la publication des éditions originales de Molière.

Le tirage est fait à 350 exemplaires sur très beau papier vergé, plus 20 sur papier de Chine et 20 sur papier Whatman. Comme il n'a pas été tiré d'exemplaires sur papier Whatman pour les deux premières pièces, *l'Amour medecin* et *les Precieuses ridicules*, nous avons décidé, malgré le sacrifice que cette détermination nous imposera, de les réimprimer exprès, à 20 exemplaires, sur papier Whatman, afin de pouvoir offrir la collection complète aux amateurs qui voudront l'avoir sur ce papier.

En vente :

L'Amour medecin (avec la gravure) . .	5	fr.
Les Precieuses ridicules.	5	»
L'Estourdy.	7	»
Sganarelle.	6	»
Dépit amoureux	9	»
L'Escole des Femmes (avec la gravure).	9	»
La Critique de l'Escole des Femmes. .	6	»
L'Escole des Maris (avec la gravure) .	7	»
Le Mariage forcé.	5	»
Le Bourgeois gentilhomme	10	»
Les Fascheux.	6	»
Le Médecin malgré luy (avec la gravure).	8	»
Le Misantrope (avec la gravure) . . .	8	»
Le Sicilien.	5	»
Tartuffe	8	»
Monsieur de Pourceaugnac	8	»
Amphitrion	7	»
L'Avare	10	»
George Dandin	9	»
Les Fourberies de Scapin.	7	»
Les Femmes sçavantes.	7	50
Psyché.	7	»

Sous presse : *Les Plaisirs de l'Isle enchantée et la Princesse d'Elide.*

Les éditions originales de Molière sont actuellement complétées par la *Nouvelle Collection Moliéresque*, recueil de pièces rares et curieuses relatives à Molière, publié, par M. Paul Lacroix, dans le même format et les mêmes conditions typographiques. — Pour se renseigner sur cette dernière collection, demander le catalogue de la *Librairie des Bibliophiles*.

Aout 1880.

www.ingramcontent.com/pod-product-compliance
Ingram Content Group UK Ltd.
Pitfield, Milton Keynes, MK11 3LW, UK
UKHW020323180726
13839UKWH00002B/524